民族文字出版专项资金资助项目

图书在版编目(CIP)数据

囊哨：情友歌：布依文、汉文对照／王玉贵，刘衍芬，王由鋈收集整理．－－贵阳：贵州民族出版社，2016.10

（布依族口传歌谣系列／郭得宏主编）
ISBN 978－7－5412－2303－7

Ⅰ．①囊… Ⅱ．①王… ②刘… ③王… Ⅲ．①布依族－民歌－作品集－中国－布依语、汉语 Ⅳ．①I277.296.8

中国版本图书馆 CIP 数据核字(2016)第 230869 号

丛 书 名 布依族口传歌谣系列
书　　名 WEANL YUX · NANGH SAAUL
情友歌 · 囊哨
收集整理者 王玉贵　刘衍芬　王由鋈

出版发行 贵州民族出版社
地　　址 贵阳市观山湖区会展东路贵州出版集团大楼
邮　　编 550081
印　　刷 贵阳海印印刷有限公司
开　　本 787mm×1092mm　1/16
字　　数 180 千字
印　　张 14.5
版　　次 2016 年 10 月第 1 版
印　　次 2016 年 10 月第 1 次印刷
书　　号 ISBN 978－7－5412－2303－7
定　　价 48.00 元

参加布依族“三月三”文化节的布依女

节日中的布依女

布依族青年男女在对唱情歌

布依族男女正在丢糠包

自由恋爱结婚的恩爱夫妇

自由恋爱

青年夫妻在“三月三”祭祖

水上“囊哨”

王玉贵（左一）在向布依族口传歌谣传承人了解口传歌谣传承情况

刘衍芬与王由鋈在望谟县桑郎镇桑郎村录制布依族传统情友歌

望谟县桑郎镇布依族老年人应邀演唱布依族传统情友歌

王玉贵和刘衍芬在研究和录入布依族情友歌资料

序

周国炎

布依族民间文学是布依族传统文化的一个重要组成部分，形式多样，题材、内容十分丰富，从体裁上大致可分为韵文和散文两大类，在布依族地区广为流传。布依族民间歌谣属韵文体文学作品，流传范围较广。有反映男女青年爱情生活的情歌，反映社会生活习俗和人际交往习俗的礼俗歌以及叙述远古往事的古歌和叙事长诗等。其中的古歌和叙事长诗反映了布依族先民多姿多彩的精神世界和物质生活，揭示了布依族人民传统的价值观、道德观和人生观，展现出远古布依族先民对所生存的自然和人文生态环境的创造性适应能力，以及对大自然的独特的认知方式。布依族歌谣结构简洁流畅，音韵和谐，旋律优美，深受广大布依族群众的喜爱。从句式和结构上看，有五言、七言、杂言三种体裁和单段、双段、长篇三种结构。五言体全篇每句五字（音节）或以五字为主；七言体全篇每句七字或以七字为主；杂言体全篇每句字数不等，长短间杂，少者三字，多者十一字，一般多为奇数。单段歌又称“散花调”，即单独一段自成一首；双段歌又称“双调”，即一首歌分成两段；长篇歌谣的特点是篇幅长，有的不分段落，有的则根据故事情节分成若干段落，如长篇叙事诗。布依族歌谣有自己独特的押韵方式和规律，一般是以前一句的尾韵（句末一字）去和后一句的头韵（句首一字）或颈韵（第二字）或腰韵（中间一字）相押，也有少数和尾韵相押。押韵的字一般要求同韵同调（包括阴阳调）相押，但根据内容的需要，只要发音相近，声韵和谐的字也可以通押，没有严格的要求，每押一句即可换韵，无需一韵到底。

长期以来，由于缺乏全民通用的文字系统，大量的布依族歌谣只能通过口耳相传的形式在民间世代相传，这种传承形式一方面极大地限制了布依族歌谣的传播，同时也导致大量的作品在传承过程中发生了变异，有的甚至随着作品传承者的辞世而消失在漫漫的历史长河中，所幸在布依族宗教领域，一批布依族宗教人士在学习和掌握了汉文之后，以汉字作为记音符号，将布依族文学中的一个重要组成部分——摩经记录下来，这是布依族文化史上的一大贡献。在20世纪50年代中期，党中央和人民政府为布依族创制了以拉丁字母为基础的拼音文字，一方面为提高布依族人民的文化教育水平提供了便利的条件，同时也为布依族文化的记录、抢救和传承提供了有效的承载方式，但由于种种历史原因，新创制的布依族文字未能充分发挥其应有的教育功能和文化传承功能，致使大量珍贵的布依族文化遗产不断流失。自20世纪80年代初以来，民族语文工作得以恢复，几经修订后的布依族新创文字在布依族传统文化的记录和传承方面发挥了积极的作用，大量流传于民间的布依族民间歌谣得以挖掘、整理和翻译，并用布依族文字出版，使优秀的布依族传统文化得到了弘扬和发展。

由王玉贵、刘衍芬、王由鋆收集整理，贵州民族出版社出版的布依族口传歌谣系列丛书之一《情友歌·囊哨》是布依族新文字推广和布依族非物质文化抢救和保护工作中的一件大事。该书收集来自黔西南州的布依族传统情友歌，内容十分丰富。该书采用新创布依文和汉文对照的形式，展示了布依族传统经典歌谣的无穷魅力以及布依族新文字在传统文化传承方面的重大作用。书中所收歌谣来自母语文化氛围十分浓郁的布依族地区，属于原汁原味的原生态布依族民间文学作品，歌谣中反映的内容都是布依族社会生活的真实写照。读者通过阅读该书，不仅可以深入了解多姿多彩的布依族精神文化生活，还可以充分领略布依族民歌优美的旋律和韵味。此外，该书的出版在布依族母语教育方面还具有非常重要的作用。课外读物的匮乏长期以来一直是制约民族语文教育教学发展的瓶颈，布依语文的学习者常常因为找不到课外读物而对布依语的学习失去兴趣，从而放弃对布依语的学习，该书的出版为布依语文学习者提供了丰富的课外阅读资料。

总之，该书的出版是对布依族文化传承和母语教育的一大贡献，是为序。

2016年4月30日于中央民族大学

前　言

布依族传统文化底蕴相当深厚，以民歌、服饰、饮食、节日、建筑、祭祀诵经等为主要内容的优秀传统文化内容丰富、形态多样、独具特色。但是以口传为主，其中的布依族情友歌又是独具一格的一朵奇葩。

布依族传统情友歌可以算是各地大同小异，也有少数是明显不同的。比如在调子上的差异，望谟县境内就分别有王母调、西北部调、桑郎调、乐旺调和乐元调，每种调子中又分大调和小调。从情歌的内容上看，大体内容是相近的，但衬音衬词却明显不同。因此，对布依族情友歌的搜集整理和选择就比较困难。加上改革开放之后特别是打工潮的兴起，让很多布依族地区的青年男女纷纷外出打工和迫于生计的压力等等，学歌、唱歌的人越来越少，只有四五十岁以上的少数人还能耳熟能详。我的三位姐姐也分别到三个相隔较远的布依族村寨成家立业了，当妈妈的女生再唱情歌就有很多不便，再说农闲的时间也很少，要让她们坐下来一天到晚唱情歌那是根本不可能的。再说到周围布依族村寨搜集到的情歌也是零星的，缺乏系统性。为此，我对布依族情歌的搜集整理就断断续续地延续至今，幸好我的大姐和二姐在她们孙子（女）入学之后能够到县城来守护孙子（女）读书，这样才有足够的时间来演唱布依族情歌，再经过较长一段时间的回忆和修复才能完整演唱，至此这本《囊哨》也才能得以完成录音和记录整理翻译，这是不幸中的万幸。

nangh saaul（囊哨）是指布依族青年男女谈情说爱的过程。nangh 是坐，saaul 是友、情友。

在布依族的民歌中，最传统、最古老、最全面的是"Weanl-bus"即分部古歌，也叫十八部古歌，包括《开场歌》《创造歌》《赞歌》《相逢歌》《房屋赞歌》《美貌赞歌》《探问歌》《信物歌》《嘱咐歌》《交友歌》《相思歌》《玩耍歌》《成家歌》《退婚歌》《成婚歌》《告状歌》《头痛歌之一——殉情歌》《头痛歌之二——超度歌》,这其中又以情友歌占的比例最大,以上十八部古歌中就占了十五部,占83.3%,实际内容所占的比例还更大。这些古情歌充分展示了布依族青年男女从不相识到相识、了解、考验、订终身,但有的男女青年因父母包办婚姻相爱又不能成家而不得不双双逃婚、殉情并化身成蝴蝶或鸳鸯等而得以相爱一生的感人过程,它充分揭示了布依族古代文明而奇特的青年男女交往和恋爱方式。当然,布依族人民历代都有根据时代特征和布依族山歌的格式不断创作很多与时俱进、充满时代气息的新歌和时事歌,古代的新歌又成为后代的传统民歌,如此不断积累以至日益丰富多彩。然而布依族的十八部古歌是相互联系的一个整体,具有明显的程序性,而单纯的情友歌则是可以单独灵活运用,演唱的场合也灵活得多,大堂之上可以唱,乡间小路或田间地头也可以唱,乡场边或寨子边也可以唱。在此精选布依族的情友歌结集出版,以便读者直接了当地了解和学习布依族的情友歌。本书所选择的情友歌有《初识歌》《服饰歌》《相逢歌之一》《相逢歌之二》《离别歌》《探问歌》《等待歌》《缘由歌》和《相思歌》等,这些歌既是相互联系又是相对独立的情友歌。这些情友歌大多数充满情与爱,而且充满思辨色彩,是双方经过充分辩论后逐步建立起来的情爱,所以非常稳固和难以改变。通过思辨性的对歌使双方在服饰、家庭、思想等方面的差异中不断找到真爱的统一,这是真正的情感与智慧升华后的爱情。因此,也可以叫思辨情歌、辩驳情歌、辩论情歌,等等。布依族有句顺口溜:“Bas xaangh gaangc, linx xaangh sof, bianq bof haec wenz ruangh.”(口会讲,舌会说,辩驳让人愁)。这就充分说明布依族情友歌的思辨色彩及思想与艺术魅力之所在。所以,我们搜集整理和翻译这些情友歌是为了让广大读者真正认识到布依族情友歌思想与艺术上的独特性,真正认识到布依族情友歌的文学价值与思想价值所在。

我们来了解一下《缘由歌》的内容吧。

《缘由歌》是男方先唱:我来讲你听,我来说你听。请你认真听来,请你认真听。没见燕子檐下飞,没见燕子楼下飞。情妹吃饭了没?妹吃饭了没?吃饭过漱口,吃饭过洗碗。吃过饭了咱谈心,吃过饭了咱谈情。唱就赶紧唱,唱就赶快唱。趁烧水没开，趁老人大人没睡……首先是引起女方注意；二是以在屋檐下盘旋找点做窝的燕子来比喻，说明男方诚心邀请女方对歌，更有寻找意中人之意；三是打招呼；四是说明快点对歌的理由，表示急切的心情但必须尊重老人。这也是布依族青年男女在家中对歌的基本礼节和要求，是不能少的，否则就会被老人阻止。

接着是女方唱：让妹讲来给你听，让妹说来给你听，你从哪里来呀乖？你从哪儿来呀宝贝？你从哪儿来到此，叫你对情歌，叫你答情歌。认真听吧我的亲，认真听吧我的情。听你金元宝的话，听你单身妹的话。阿妹也想讲，阿妹也想答。怕人笑风骚，怕人讲风骚，到处传风骚。笑谈阿妹不懂礼，这方阿妹不懂礼。妹张口也不好张口，妹张嘴也怕刺篷，妹张嘴也怕刺梨。怕得罪你旧人，怕你旧情人咒骂。阿妹谈这些，谈了这些哥来答，阿哥随后有新歌。

这里是问清来由和表示担心，女子怕无意中夺人所爱而受人唾骂，其实就是不想当第三者，也不想成为第三者。最后三句是套话，是希望对方继续对歌，此后的每次对歌结尾处都有，这是布依族对唱情歌的基本格式。

男方唱：认真听吧忧愁妹，认真听吧发愁妹。听你金元宝的话，听你单身哥的话，听你没家没室哥来说。哥方没水洗，哥方没水涮。哥方没劈柴放火，哥方没好人谈心。我才专门约你玩，我才专门跟你讲……昨晚妹在家，昨晚妹在屋。梦见拿酒兑井水，梦见得吃高粱秆，今晚见妹如做梦……遇见才得讲真话，得了真话心才稳，咱俩尽管玩下去……玩耍就玩耍，玩耍趁紫花盛开，玩在红稗花还红，玩耍就趁地方形势好，我们先来玩几年。你愿不愿意呀妹？你愿不愿意呀揪心？愿就说实话，情妹愿意就直说。

这里虽然用了一些比喻，但内容是比较直接了当地表达了男方想与女方建立恋爱关系的迫切心情。

对此，女方也比较直接地道明了自己的心里话：玩耍就玩耍，玩耍要同龄。咱们要玩就找年轻人，咱们要等年轻人。我愿意呀情哥哥，我愿意呀忧心。只要有本事，只要有本领。只要咱有本事加本领，咱俩就可玩下去。我愿意加愿意呀哥，我愿意又愿意呀亲。玩耍加玩耍，玩耍等新月。新月出来会沉海，新月出来会走远。玩耍就像线落地，就像搓麻放地上。就像搓线望哥接，搓麻也要哥愿搓。玩耍别让此路断，咱俩一起坐到老。你违背父命玩，我也违背父命玩。你去吵闹父母玩，我去吵闹父母玩。玩耍像官人，逛像逛书城。逛像逛纸店，咱逛一遍又一遍。咱们出门去也谈，咱们出寨去也谈。跨过墙脚也在念，念叨像念莲，念像人与莲念地。念哥就像糖泡饭，糖水下饭香，肉下饭更香。咋就爱你那么傻，咋就想你那么多，我怕哪天为你死。咋就爱你那么傻，咋就想你那么多，怕会为你断了气。（要是）我死你就有官司，死了情人得官司，大小官司落身上，情哥私下有谣言，情哥隐约有谣言，隐约谣言没法消，私下谣言没法解……

这段歌词很有特色，一是表明要跟同龄人玩；二是要玩就玩到老；三是双方都有父母包办的婚姻，要玩就得有本事和胆量；四是提到了布依族地区比较鲜为人知的传统文化，就是传说民间有人会做符法让自己深爱对方而无法在一起的人心烦意乱到无法再与别人成家立业，通常的做法是偷偷抽取对方服饰上的一两根线放在土地神的神位底下并许愿；五是因为爱对方得要死就怕真的死了会给男方带来官司而且无法化解。这借事说理，用来说明爱得很深。

面对女方表达的深爱，男方也有相对应的办法回应：……隐约谣言哥去消，私下谣言哥去解。你就别担心吧妹，你就别操心吧妹。有情哥别怕，有情人别怕。有个情哥不担心，有个情人不哭泣。放心吃榕籽，有胆吃青果。咱们一点都不怕，什么人都不怕。咱俩决定玩，玩到河边柳树下，玩到河边草地上。玩了还再玩，玩像寨脚那条河，玩到有河拦阶下。玩到情妹去成家，等妹去夫家才停……

这段歌的后两句可能让一般人或读者不怎么好理解，表面上好像男方有点不负责任，其实不然，这正是尊重风俗习惯又尊重女方意愿的意思，说明让女方有充分的选择权利和机会。这里需要特别说明的是，布依族为什么会在男女双方都有包办婚姻后还明确允许可以谈情说爱呢？一是说明父母包办婚姻不是绝对的，只是一种意向性“协议”，当事的男女双方如果培养不了感情，实在无法在一起是可以悔约的；二是布依族青年男女谈情说爱是很文明的，很讲究距离产生的美，双方坐或站的距离最少是双方伸手不会相碰，一般是以说话双方能够听到为宜；三是女方在与男朋友相会时必须有亲姐妹、家族姐妹或介绍人陪同（俗话叫做“尾巴”，后来说成“灯泡”），但距离是要在不完全听到他们讲话，但可以随时看见他们一举一动为宜，因此“违规”的机率几乎等于零；四是明确恋爱关系以后，女方要准备鞋垫、布鞋和较好的布匹等作为赠送男方的礼物，男方要在赶场的时候在介绍人的见证下送礼物给女方作为交换或者春节、七月半的时候带糖、烟、酒及小孩玩具（如果女方的哥哥已经有了小孩就必备）等到女方家面见父母兄弟等一家人，在家人的热情招待后才能领取女方的礼物回去向自已父母汇报双方恋爱关系的确定及感情的发展程度；五是在这些交往的过程中，女方的父母、兄弟姐妹及朋友等会有很多比较繁琐的礼仪礼节考验男方，男方的父母与兄弟姐妹及朋友也同样有很多机会和办法考验女方，考验的办法与场合要比父母包办的所谓正统的婚姻要复杂和灵活得多，所以不是所有的男男女女都能过得了关的。那么，凡是过不了自由恋爱关考验的男女就得乖乖的回归到父母帮助设定的正统婚姻道路上去，这样双方父母照样是欢迎的。因为，谈情说爱只是情感上的暂时交流而已，根本没有什么有伤大雅的事出现。

……

总之，布依族情友歌紧紧围绕男女双方相识、相知、相爱和渴望在一起共度一生的愿望与设想，自成一体，重在抒情，情真意切。但值得注意的是，布依族情友歌在表面上是男女双方表达爱慕之情与决心，但同时也有意无意中附带了很多具有布依族鲜明特色的衣食住行、生产生活工具、动植物名称、人际关系的许多礼仪礼节等等，实际的内容非常丰富多彩，需要读者慢慢地品味才能真正咀嚼出其中复杂的滋味。

王玉贵

2016 年 3 月

目　录

WEANL XAAUX BUNGZ
初　识　歌

Baaih legsaail:
边　男:　　　　男方:

Buxlaez danc haaiz seeus mal gvax?
谁　穿　鞋　绣　来　盘旋　　　　谁穿绣鞋来旋转?

Buxlaez danc haaiz mbax mal xunz?
谁　穿　鞋　蝴蝶　来　玩　　　　谁穿蝶鞋出来玩?

Ximl lumc wenz banz guh,
看　像　人　成　双　　　　看像已成双,

Ximl lumc bux banz guh.
看　像　人　成　双　　　　看像人成双。

Mengz xih hauc jeex laez hauc hel[1]?
你　就　入　场　或　入　市　　　　你是赶场或上市?

Qyams xuz laez qyams goy?
探　叔　或　探　哥　　　　找叔或找哥?

Qyams goy laez qyams lungz?
探　哥　或　探　大舅　　　　找哥或大舅?

Laez xih menl mal xunz ndaxndah?
哪　就　细　来　玩　空空　　　　还是阿妹纯来玩?

Mal hauc jeex ndaxndah?
来　入　场　空空　　　　纯粹来赶场?

---

[1] jeex,集市;hel,集市。

Bix bas doobt lumz doongx[①],
哥 口 钝 忘 喊　　　　哥嘴钝忘喊，

Bix bas noomc lumz naail.
哥 口 羞 忘 叫　　　　哥害羞忘叫。

Lumz doongx gvaail mal nangh,
忘 喊 乖 来 坐　　　　忘喊乖来坐，

Lunz naail nuangx mal nangh.
忘 叫 妹 来 坐　　　　忘叫妹来坐。

Baaih legmbegt:
边 女　　　　女方：

Gul gah danc haaiz gaus mal gvax,
我 自 穿 鞋 旧 来 盘旋　　　　我穿旧鞋来旋转，

Gul gah danc haaiz mbax mal xunz.
我 自 穿 鞋 蝴蝶 来 玩　　　　我穿蝶鞋出来玩。

Gul deengl wenz gvaanglgunl,
我 是 人 光棍　　　　我是光棍人，

Nyangh deengl wenz gvaanglgunl.
孃 是 人 光棍　　　　孃是光棍人。

Gul ruangh xih mal hauc jeex,
我 忧 就 来 入 场　　　　我忧就赶场，

Ruangh xih mal hauc hel.
愁 就 来 入 市　　　　愁就来市上。

Gec gul xuz miz goy,
个 我 叔 没 哥　　　　我没叔和哥，

Nuangx doc bac miz lungz.
妹 都 大姑 不 大舅　　　　没大姑大舅。

① doongx，喊，打招呼。布依族男女青年借赶场机会相识。相见时，一般都是男青年先给女青年打招呼。

Gvaail mal xunz ndaxndah,
乖 来 玩 空空 是纯粹来玩，

Mal xunz jeex ndaxndah.
来 玩 场 空空 纯粹来赶场。

Goy buxlaez bas lix①?
哥 谁 口 有 谁家哥有口才？

Bix buxlaez bas gvaail?
哥 谁 口 乖 谁家哥嘴真乖？

Dangclaez xaangh naail wenz leeux xauh,
怎么 会 喊 人 最 漂亮 怎么喊人真漂亮，

Xaangh naail nuangx leeux xauh.
会 喊 妹 最 漂亮 喊妹真漂亮。

Baaih legsaail:
边 男 男方：

Jaiz xih nuangx dais baaih laez dangz?
爱 就 妹 从 边 哪 到 可爱妹子哪方来？

Basfangz laez Weangz mux②?
高车 或 王母 高车或王母？

Luzdinx laez Basbungl?
六亭 或 坝碰 六亭或坝碰？

Ricrimz laez Basgaangh?
西林 或 坝康 西林或坝康？

Basxuaans laez Basyuz?
坝算 或 坝油 坝算或坝油？

Xulric laez Lofyany?
山城 或 罗烟 山城或罗烟？

---

① bas lix，巧嘴，有口才。下句的 bas gvaail，嘴乖。

② weangzmux，王母。以下句子中的地名，全是望谟县境内的布依族寨名。

Lofyany laez Lofdianq?
罗烟 或 罗甸
罗烟或罗甸?

Benj xianq laez xamh jih?
本 县 或 同 区
本县或同区?

Nuangx xeec ndaix waanz rih doc mal,
妹 舍 得 还 地 都 来
妹舍下活路都来,

Xeec ndaix ronl xaz doc os.
舍 得 路 糙 都 出
舍得路糙都出来。

Baais boh ramc xuaangzros xos fiz,
叫 父 砍 机布织 放 火
就像砍织机烧火,

Baais boh jab fadsil bail ramx.
叫 爹 缠 丝带 去 水
就像缠丝带下河。

Baais boh genl masxamx ndael ndongl,
叫 爹 吃 清凉果 内 林
就像吃那林中果,

Laaul mengz longl mal xunz rauz nangh,
怕 你 错 来 玩 咱 坐
怕你错来跟咱坐,

Laaul mengz longl mal xuex rauz nangh.
怕 你 错 来 摆 咱 坐
怕你错来跟我说。

Baaih legmbegt:
边 女
女方:

Goy xih laais damh laais nuangx dais
哥 就 猜 又 猜 妹 从
哥就猜想妹从

Baaih laez dangz?
边 哪 到
哪方来?

Basfangz laez Weangzmux?
高车 或 望谟
高车或望谟?

Basxuaans laez Basguanh?
坝算 或 坝关
坝算或坝关?

Jal nauz benj xianq laez xamh jih.
硬 说 本 县 或 同 区　　　　硬说本县或同区。

Mengz nauz ngoj laaus ngonz rih doc mal,
你 说 我 误 天 地 都 来　　　　你说我误农活都来，

Nauz ngoj laaus ngonz naz doc os.
说 我 误 天 田 都 出　　　　说我误农田都出。

Gvaais gul ramc xuaangzros xos fiz,
怪 我 砍 机布织 放 火　　　　说我砍织机烧火，

Gvaais gul jab fadsil bail ramx.
怪 我 缠 丝带 去 水　　　　怪我缠丝带下河。

Lumcbux genl masxamx ndael ndongl,
好像 吃 清凉果 里面 林　　　　像人吃林中凉果，

Laaisnauz longl mal riangz mengz nangh,
认为 错 来 跟 你 坐　　　　认为错来跟你坐，

Longl mal xiez mengz nangh.
错 来 约 你 坐　　　　错来约你坐。

Ngonzneex ruangh dais eeux ruangh[1] dangz,
今天 忧 从 仓 忧 到　　　　今天忧从家中来，

Daaus jeex reeuz Xicyiangl.
回 场 转 蔗香　　　　退场转蔗香。

Gec ngoj Cenfguany reeux xiangyxiaq,
个 我 城关 杂 乡下　　　　我在城关连乡下，

Ndonglraz reeux Ndaelwah,
弄纳 杂 乐化　　　　弄纳连乐化，

Basxuaans reeux Basnyuangl.
坝算 杂 坝容　　　　坝算连坝容。

Raanz nuangx qyus jiez beangl Zejkangy,
家 妹 在 那 方 者康　　　　妹家方向是者康，

① ruangh，忧或愁，是一种自称或昵称。下同。

Goy xih qyus gec baaih Lacndongl.
哥 就 在 那 边 林下
哥家就在林下寨。

Ranl mengz xauh lumc baus Guangjdongl,
见 你 漂亮 像 老者 广东
见哥帅像广东人,

Rauz miz longl maz xingh,
咱 没 错 啥 尽
咱一点没错,

Longl miz dauc maz xingh.
错 不 来 啥 尽
一点也没错。

Banzlumc sel sal① rauz dungx dings②,
好像 字 纸 咱 同 订
就像写字来约定,

Banzlumc sel mingh rauz dungx hal③.
好像 字 命 咱 相 搭配
就像八字相符合。

Ngonz neex rauz lengc ral mengz nangh,
天 这 咱 才 找 你 坐
今天咱才找你坐,

Ndoongsdal xuaanz④ mengz nangh.
睁眼 寻 你 坐
睁眼找你坐。

Mengz qyus laaus ngonz rih doc mal?
你 咋 误 天 地 都 来
你咋误农活都来?

Dangclaez laaus ngonz naz doc dauc?
怎么 误 天 田 都 来
怎么误农田都来?

Dangclaez xeec ndaix gomc gaangl lauc mengz xeel?
怎么 舍 得 倒 坛 酒 你 丢
怎么舍得把酒坛倒丢?

Lumc bux xidt nganz reel⑤ bail dah.
像 人 甩 银 网 去 河
像抛银网坠下河。

---

① sel sal,字纸,指契约。
② dungx dings,相互约定。
③ mingh dungx hal,八字相配。
④ xuaanz,到处找。
⑤ nganz reel,拦河网的银坠子。nganz meangx,渔网的银坠子。

Dangclaez xeec ndaix mbeel nganz meangx bail dah?
怎么　舍　得　张开　银　网　去　河
怎么舍得撒下银网坠?

Dangclaez xeec ndaix xeel leg yah doc mal?
怎么　舍　得　丢　儿子　妻子　都　来
咋舍妻儿都要来?

Laaul mengz lauc dez dal ndis[1] goy,
怕　你　酒　带　眼　吧　哥
怕你趁酒意吧哥,

Laaul mengz xal jiujhanf ndis goy.
怕　你　错　酒寒　星　哥
怕你发酒寒吧哥。

Ngonzneex mingh ndil haanx mingh ndil,
今天　命　好　约　命　好
今天好命约好命,

Mingh ndil ramx gah dogt,
命　好　水　自　落
命好水自落,

Mingh ndil logt[2] gah bans.
命　好　轳　自　转
命好轳自转。

Logt gah bans aul ramx bail damz,
轳　自　转　要　水　去　塘
轳自转要水进塘,

Logt gah bans haec ramx bail naz.
轳　自　转　给　水　去　田
轳自转让水进田。

Mingh ndil rauz ndaix nangh,
命　好　咱　得　坐
好命才得坐,

Mingh ndil nuangx ndaix nangh.
命　好　妹　得　坐
好命妹得坐.

Ngonzneex nangh laez longl jizndaix,
今天　坐　哪　错　值得
今天坐错也值得,

Nangh riangz bix jiz xeenz.
坐　跟　哥　值　钱
跟哥坐值价。

---

① ndis,吧。

② logt,水车。

Yaangl bux nangh lauz wal soongl xuaans,
像 人 坐 楼 花 二 层

像坐花楼有两层，

Yaangl bux nangh lauz wal saaml xuaans.
像 人 坐 楼 花 三 层

像坐花楼有三层。

Banzlumc daans lianq qinf jaangl gaail,
好像 谈 恋 情 中 街上

就像当街谈恋爱，

Banzlumc bix xunz gaail nangh xiel,
好像 哥 逛 街 坐 车

就像坐车去逛街，

Banzlumc gvaail hauc jeez nangh xiel.
好像 乖 入 场 坐 车

像你逛街也坐车。

WEANL BUNGZ DAZIDT
相逢歌之一

Hamhnix bungz dazraaix,
晚 逢 真的
今晚真的遇，

Henz nix xabt dazraaix.
夜 这 遇 真的
今夜真的逢。

Genz xih xuangs mbaelndaaix,
上 就 放 麻叶
上面放麻叶，

Lac xih xuangs mbaelbaangl①.
下 就 放 树叶
下面放树叶。

Genzmbenl haec rauz bungz lo jis,
天上 给 咱 逢 咯 友
上天让咱逢呀友，

Haec buxnis rauz bungz lo yux.
给 青年 咱 逢 咯 情人
让咱年轻人相逢。

Xabt legyux lumcbux xabt mongc jiml,
逢 情人 好像 逢 窝 金
遇情友像遇金堆，

Bungz legyux lumcbux bungz mongc menh,
逢 情人 好像 遇 窝 絮
遇情友如遇棉絮，

Bungz dongz xinl ndanlxel xih rauc.
逢 情哥 真 心 就 暖
遇到情哥心就暖。

Xel saaul rauc xih laaul xel dongz waaih,
心 情妹 暖 就 怕 心 情哥 坏
妹高兴就怕哥心坏，

① mbaelbaangl，指与祭祀有关的一种树叶。

Xel saaul rauc lumc eengl nganzluh,
心 情妹 暖 像 坛 银罐
妹心暖像那银罐，

Xel dongz juh lumc benz ramxxeengx.
心 情哥 坏 像 盆 冷水
哥心坏如冰凉水。

Xel saaul rauc laaul xel dongz byangs,
心 情妹 暖 怕 心 情哥 漏
妹高兴就怕哥阴险，

Xel saaul rauc lumc eengl ramxndangs,
心 情妹 暖 像 缸 碱水
妹高兴像碱水缸，

Laaul xel dongz byangs lumc benz ramxxeengx.
怕 心 情哥 漏 像 盆 冷水
怕哥心冷像盆凉水。

Hanznaz ndil lengc dauc byagt ndil,
田坎 好 才 长 菜 好
田坎好才长好菜，

Hanznaz ndil lengc dauc byagt mos,
田坎 好 才 长 新 菜
田坎好才长新菜，

Hanznaz doh lengc dauc byagtanl.
田坎 独 才 长 野芹菜
独条田坎长芹菜。

Gul leeh nauz miz ranl dongz naaus,
我 还 以为 不 见 你 永久
我怕永久不见你，

Geazlaaiz daausmal ranl hamhnix.
原来 回来 见 今晚
谁知今晚又得见。

Hanznaz ndil lengc dauc byagt ndil,
田坎 好 才 长 菜 好
田坎好才长好菜，

Hanznaz ndil lengc dauc byagt mos,
田坎 好 才 长 菜 新
田坎好才长新菜，

Hanznaz doh lengc dauc byagtmungz.
田坎 独 才 长 芋荷
独条田坎长芋荷。

Gul leeh nauz miz bungz dongz naaus,
我 以 为 不 遇 情哥 永远
我怕永远不遇哥，

Geazlaaiz daausmal bungz hamhnix.
原来 回来 遇 今晚
谁知今晚又相遇。

Hamhnix bungz dazraaix,
今晚 逢 真的 今晚真的遇，

Henznix xabt dazraaix.
今夜 遇 真的 今夜真的遇。

WEANL BUNGZ DAZNGIH
相逢歌之二

Tiany bungz gabt diq bungz,
天　逢　加　地　逢　　　　天逢加地遇，

Gais dogt dongc haux rungl,
鸡　落　桶　饭　煮　　　　鸡落熟饭桶，

Gais dogt mbungl[①] haux mas.
鸡　落　筐　谷　泡　　　　鸡落泡谷筐。

Bol baaihunx lix soongl xaiz naangh[②],
坡　那边　有　二　道　山梁　　　　那面坡有二道梁，

Bol baaihunx lix saaml xaiz naangh,
坡　那边　有　三　道　山梁　　　　那面坡有三道梁，

Rauz gueh baangh ndeeul henc bail genz.
咱　做　帮　一　登　去　上　　　　咱们一起走上去。

Gais dogt dongc haux rungl,
鸡　落　桶　饭　煮　　　　鸡落熟饭桶，

Gais dogt mbungl haux mas,
鸡　落　筐　谷　泡　　　　鸡落泡谷筐，

Faangz bausyah rauz yieh baauc.
鬼　祖宗　咱　也　保佑　　　　咱祖宗也保。

Soongl saaml baaih buxlaaux yieh ndil,
二　三　边　大人　也　好　　　　两三边老人也好，

① mbungl，筐，小屯箩。
② xaiz，道；naangh，山梁。xaiz naangh，小山脉。

Hoobt bil① dauc dungxbungz gaul dauh②,
对场 年 来 相逢 角 火塘 对年相逢火塘边，

Wenz nac gaus dungx bungz mac doongx.
人 脸 旧 相 逢 要 招呼 熟人相逢要招呼。

Sazloongx③ naaih bail genz,
吭声 慢 去 上 招呼一声就上坐，

Naaih sazloongx bail genz,
慢 吭声 去 上 慢招呼慢上坐，

Degndas naih baz mengz miz guanc.
被骂 些 妻 你 不 管 被你妻骂也不管。

Sazloongx naaih bail saangl,
吭声 慢 去 高 招呼一声才上坐，

Naaih sazloongx bail saangl,
慢 吭声 去 高 慢招呼慢上坐，

Degndas naih baz yaangz④ miz guanc.
被骂 点 你 妻 不 管 遭你妻骂也不管。

---

① hoobt bil，一周年，一对年。

② gaul dauh，火炕角，火塘边。fiz dauh，火炕，火塘。

③ sazloongx，招呼一下，吭一声。

④ baz yaangz，你的老婆。

WEANL HAMS
探问歌

Sil ric dungx sil ric,
寻 沟 一起 寻 沟
顺沟同顺沟，

Sil lueh dungx sil lueh.
寻 案 一起 寻 案
顺湾同顺湾。

Sil ric ndaix genl beas,
寻 沟 得 吃 芋头
顺沟吃芋头，

Sil lueh genl mbaelbyaz①.
寻 案 吃 东南菜
顺湾吃东南。

Xaaml nuangx raz aul xoh,
讨 妹 找 要 名
讨阿妹要名，

Xaaml baz feax aul xoh.
讨 妻 别人 要 名
讨人妻要名。

Nauz xoh lengc ndil raiz,
讲 名 才 好 唤
讲名才好叫，

Nauz wail lengc ndil yeeuh.
讲 姓 才 好 喊
要姓好称呼。

Yeeuh haec feax roxnyiel,
喊 给 他人 听见
叫名众人听，

Gul banz mingz banz xoh.
我 成 名 成 名
我才有脸面。

① mbaelbyaz，东南菜，一种价格低廉的野菜。

Xoh nuangx xoh gaaismaz?
名　妹　名　什么
阿妹叫啥名？

Damznaz genl qyusyiangh?
田塘　吃　怎样
你耕啥田地？

Genl qyusyiangh damznaz?
吃　怎样　田塘
啥田地你耕？

Dianl haec rauz roxheeh ,
说　给　咱　知道
告诉我知道，

Nauz haec bix roxheeh.
说　给　兄　知道
让阿哥知道。

Rox rauz xamh xoh baus,
知　我　名　同　夫
也许共个祖，

Rox rauz xamh xoh aaul.
知　我　名　同　幺叔
也许共叔叔。

Mengz xih laaul miz yeeuh
你　就　怕　不　喊
你就怕招呼，

Riel xih gungz miz yeeuh,
你　就　无法　不　喊
你无从称呼。

Nuangx xih xianz miz yeeuh.
妹　就　嫌　不　喊
妹就嫌不喊？

Xoh nuangx xoh gaaismaz?
名　妹　名　什么
妹名叫什么？

Damznaz genl jic duah?
田塘　吃　几　百斤
田产几百斤？

Genl jic duah damznaz?
吃　几　百斤　田塘
几百斤田产？

Dianl haec rauz roxheeh,
讲　给　我　知道
讲来咱知道，

Nauz haec bix roxheeh.
说　给　兄　知道
让阿哥知晓。

Xoh buxndeeul doc ndaix,
名 一位 都 得 得一名也行,

Xoh maix ndeeul mboxfih.
名 另 一位 没有 另一位未知。

Nauz xoh haec bix raiz,
说 名 给 兄 唤 说名让哥喊,

Nauz wail haec gul yeeuh.
说 姓 给 我 喊 说姓让哥叫。

Ros baseengl lix xoh,
瓢 缸口 有 名 缸口瓢有名,

Bingz dagt lauc lix xoh.
壶 舀 酒 有 名 酒瓶也有名。

Daausneex haabtsas ndaix insbaul,
这次 鱼 得 螃蟹玺 涸泽得蟹玺,

Damc daul ndaix insngeah.
捞 鱼箕 得 蛟龙玺 捞鱼得龙玺。

Bail lueh ndaix insfaanz,
去 案 得 黄鹿玺 打猎得鹿玺,

Daausneex ndaix xoh naangz.
这次 得 名 小姐 此次得妹名。

Baizneex ndaix xoh sul,
这时 得 名 你们 现在得妹名,

Gul bail raanz aangs xoh.
我 去 家 贺 名 我回家祝贺。

Ndiangs sas xiangx mulmanl,
舂 碓 养 架子猪 舂糠来喂猪,

Daml ramz xiangx mulndaangs.
舂 糠 养 斑纹猪 还要养花猪。

Xiangx mulndaangs rauz biz,
养 斑纹 我 肥 咱花猪喂肥,

Ngonzlaez ndil aangs xoh.
哪天 吉日 贺 名
哪天好贺名。

Hadt gueh hadt lix lianz,
早 做 早 来 临
一早连一早，

Ndianl gueh ndianl lix lanh.
月 做 月 临 近
一月又一月。

Janhjanh dangz ngonzndil,
渐渐 到 吉日
吉日渐渐到，

Gac mulbiz aangs xoh.
宰 肥猪 贺 名
杀肥猪贺名。

Mul bassis mal gac,
猪 百四 来 杀
杀百四斤肥猪，

Xiez bashac mal heeh.
黄牛 百五 来 剐
杀百五斤黄牛。

Raanz lac yeeuh meehleeuz,
家 下 喊 婶母
下家喊叔娘，

Boh riangz meeh dangz xaiz,
父 与 母 到 齐
父母都到齐，

Raiz wenzlaail aangs xoh.
唤 人多 贺 名
邀全寨贺名。

Jongs leglaanl mbaanx daanz,
众 儿孙 寨 中
寨上众小辈，

Jongs leglaanl mbaanx neex.
众 儿孙 寨 这
此寨众小侄。

Xul genz xingc bashac,
城 上 请 百五
上城请百五，

Xul lac xingc bassaaml.
下 城 请 百三
下城请百三。

Jaangl xul xingc basngih,
城 中 请 百二
城中请百二，

Xingc ndaix sishac bas buxwenz.
请 得 四五 百 人 请来了四五百人。

Mal riangz bix gvaanghguns aangs xoh,
来 和 哥 光棍 贺 名 来跟光棍哥贺名，

Mal riangz jiml beangslaangh aangs xoh.
来 和 我 单身汉 贺 名 来跟游荡人贺名。

Jongs leglaanl mbaanx daanz,
众 儿孙 寨 中 寨上小辈们，

Jongs leglaanl mbaanx neex.
众 儿孙 寨 这 此寨众侄孙。

Xoix daih dangs daih dangs,
个 搬 凳 搬 凳 拿凳的拿凳，

Xoix daih xoongz daih xoongz.
个 搬 桌 搬 桌 搬桌的搬桌。

Mal riangz bix gvaanghguns aangs xoh,
来 和 哥 光棍 贺 名 来跟光棍哥贺名，

Mal riangz gul beangslaangh aangs xoh.
来 和 我 单身汉 贺 名 来跟游荡人贺名。

Jongs leglaanl mbaanx daanz,
众 儿孙 寨 中 寨上众小辈，

Jongs leglaanl mbaanx neex.
众 儿孙 这 寨 此寨众侄孙。

Xoixndeeul bail mianxguz aul mag,
一个 去 珉谷 要 墨 一个去珉谷买墨，①

Xoixndeeul bail bassagt aul sal.
一个 去 百色 要 纸 一个去百色买纸。

Dez mal raaiz xoh sel,
拿 来 写 书 名 买纸来写名，

① 珉谷，地名，在贞丰县境内。下句的百色，地名，在广西壮族自治区境内。

Dez mal raaiz xohsal.
拿 来 写 名字 买纸来写姓。

Ral xianysengy mal raaiz,
找 先生 来 写 请先生来写，

Rauz mal aanl raaiz xoh.
我们 来 打算 写 名 我们商量写。

Xianyshengy hee xianyshengy,
先生 啊 先生 先生啊先生，

Laauxyiez hee laauxyiez.
老爷 啊 老爷 老爷啊老爷。

Fengz soix gaml bizsal,
手 左 拿 页纸 左手拿张纸，

Fengzgvaz gaml bidtmag.
右手 拿 毛笔 右手握毛笔。

Yag ramx xos genz sel,
捞 水 放 上 书 滴水在字上，

Yag ramx xos genz sal.
捞 水 放 上 纸 滴水在纸上。

Gval wailweangz gveedtngvih,
登记 黄姓 清晰 黄姓写正规，

Raaiz xoh nuangx gveedtngvih.
写 名 妹 清晰 妹名写正规。

Daausneex ndaix xoh nuangx,
这回 得 名 妹 现在得妹名，

Daausneex ndaix xoh naangz.
这回 得 名 小姐 现得小姐名。

Bix bail bas ndaix rol,
哥 去 坡 得 念 哥下河得念，

Gul bail bol ndaix yeeuh.
我 去 坡 得 喊 哥上坡得喊。

Yeeuh haec feax roxnyiel,
喊 给 别人 听见 喊给人知道，

Riel banzmingz dol noih,
你 成名 多 些 叫你多出名，

Nuangx banzlaaux dol noih.
妹 出名 多 些 更加受尊敬。

WEANL BEENZ
交友歌

Legsaail
儿 男:　　　　**男:**

Gaul gaadt beenz siamc beenz,
藤 葛 爬 就 爬　　　　葛藤攀又攀,

gaulreenz yeeux siamc yeeux,
血藤 缠 就 缠　　　　血藤缠又缠,

Yeeux xih yeeux gons ndugt.
缠 就 缠 朽 木桩　　　　缠就缠朽桩。

Mbaaus hugt bungz saaul geangx,
情哥 憨 遇到 情妹 巧　　　　憨哥遇到灵巧妹,

Fih dangz xiangl yieh yians siangc,
未 到 年 也 就 赠　　　　未过年就赠送,

Fih dangz laab yieh yians siangc.
未 到 腊月 也 就 赠　　　　腊月没到也赠送。

Guh maad soongl soml bangz,
双 袜 两 庹 布　　　　一双袜两庹布①,

Yeeux langz soongl soml baans.
缠 裹腿布 两 庹 半　　　　绑腿两庹半。

Mengz aans siangc haec bix miz jol,
你 打算 赠 给 哥 不 谢　　　　你送给哥不会谢,

① 庹,方言,读 paì,成人两手平衡伸直后两个中指的距离,约 2 米长。

Xiangs xos raanz xih haec bux mos,
放 在 家 就 给 人 新 留在家里送他人，

Deel lengc ganx gueh rih xiangx naangz.
他 才 勤 做 地 养 小姐 他才耕种养阿妹。

Bix deengl bux xunz raanz,
哥 是 人 玩 家 阿哥是个串门人，

Naanz naanz dauc dangz daaus.
久 久 来 到 次 很久来一次。

Mbaaus deengl bux xunz genl,
情郎 是 人 玩 吃 阿哥是个好游人，

Jiml bail dangz lengc yianh.
哥 去 到 才 递 哥来了才给。

Gaul gaadt beenz siamc beenz,
藤 葛 爬 就 爬 葛藤攀又攀，

Gaul reenz yeeux siamc yeeux,
藤 青 缠 就 缠 血藤缠又缠，

Yeeux xih yeeux gonsndugt.
缠 就 缠 木桩朽 缠就缠朽桩。

Mbaaus hugt bungz saaul geangx,
情哥 憨 遇见 情妹 巧 憨哥遇到灵巧妹，

Ndianl ndeeul siangc jic daaus.
月 一 赠 几 次 一月送几回。

Siangc fadfoh yeeux ndaangl,
赠 飘带 缠 身 送丝带缠腰，

Daangs meeuz baz bix goy.
当 一辈 妻 哥 哥 就当哥妻子。

Jic yiangh jic haec xaiz,
几 样 几 给 全 样样送齐全，

Jic yiangh jic ndaix leeux.
几 样 几 得 尽 样样得周全。

Bix haz daaus bail eeux,
哥 想 转 回 家
阿哥要回去，

Naangz jaiz gul xih songs,
小姐 想 我 就 送
妹想我就送，

Sul jaiz bix xih songs.
你们 想 哥 就 送
你想哥就送。

Songs bix songs gvas mbaanx,
送 哥 送 过 寨
送哥送出寨，

Baanx bix baanx gvas loh.
陪 哥 陪 过 路
陪哥陪过路。

Xoh xih baanx bail rih,
名 是 陪 去 地
说是陪下地，

Xoh xih baanx bail naz.
名 是 陪 去 田
说是陪下田。

Naangz lix saml xih songs os mbaanx,
小姐 有 心 就 送 出 寨
妹有心就送出寨，

Baanx bix os roh raanz.
陪 哥 出 外 家
陪哥出家门。

Anx bungz feax xih lenh,
以免 遇 别人 就 议论
遇人遭议论，

Bungz wenzlaail xih lenh.
遇 别人 就 议论
碰人又被说。

Bix miz bail xih ramxnaz mbogt,
哥 不 去 就 田水 浅
哥不去就田水浅，

Bail yieh dogt xel nuangx.
去 也 心 疼 妹
去了妹伤心。

Laaulnauz bas ndaangl gueh soongl feangx,
只好 劈 身 做 两 半
除非把我分两半，

Feangx ndeeul qyus riangz naangz.
半 一 在 和 妹
一半来陪妹。

Sinx ndeeul gvaangl bail meeh,
角 一 少爷 去 母亲　　一半陪母亲，

Ndaangl ndeeul sinx bail meeh.
身 一 角 去 母亲　　一半给母亲。

Qyus langl soh qyus langl,
在 后 直 在 后　　在后就在后，

Myaec gueh yangl gueh yaaus.
不要 做 玩 做 要　　别玩小动作。

Myaec jih jaaus waanh ganl,
不 忘记 那桩 换 头帕　　别瞒换头帕，

Xohrez bix mal ranl xih nyah,
日后 哥 来 见 就 闹心　　今后哥见就发火，

Faanl langl dangz xih nyah.
次 后 到 就 闹心　　下次就发火。

Qyus langl soh qyus langl,
在 后 直 在 后　　在后就在后，

Dungx ies miz haec genl soongl xauz.
肚 饿 不 给 吃 两 晚饭　　肚饿别吃两晚饭。

Saml mauz miz haec dez fuzlaangh,
心 贪 不 让 带 咒语　　贪心也别念符咒，

Mbaanx gvaangs miz leg xunz.
寨 宽 不 要 玩　　寨宽也别玩。

Yungz saml meanl xac bix,
留 心 老实 等 哥　　要安心等哥，

Saml meanl nuangx xac bix.
心 老实 妹 等 哥　　妹安心等哥。

Bix miz bail yieh ramxnaz mbogt,
哥 不 去 也 田水 浅　　哥不去就田水浅，

Miz bail logt dah lac ramx dangx,
下 去 水车 河 下 水 停　　不去下游水车停，

Miz bail naz dah lac ramx dees.
不 去 回 河 下 水 裂　　　　不去下游田干裂。

Hees riangz liex dangz raanz,
客 和 亲戚 到 家　　　　宾朋客来到家，

Nacndaix naanz naanz mal xoh ruangh,
最好 久 久 来 面 妹　　　　宁愿很久才看妹，

Naanz naanz dauc xoh ruangh,
久 久 来 面 妹　　　　久不久相会。

Bix yieh gah xomc jobt gah bail,
哥 也 自 戴 斗笠 自 去　　　　哥戴斗笠独自去，

Ronl jail wenz laez meangh,
路 远 人 哪 盼　　　　路远何人盼，

Ronl jail bux laez meangh.
路 远 位 哪 盼　　　　路远谁来盼。

WEANL SINS
信物歌

Xoh mengz gul yieh ndaix,
名 你 我 也 得
你名我也得，

Xoh gul mengz yieh ndaix.
名 我 你 也 得
我名你也得。

Isnauz maix miz xiz,
如说 姑娘 没 赚
如是妹不嫌，

Isnauz maix miz xaz.
如说 姑娘 没 弃
要是妹不弃。

Rauz qyus neex xuangs sins,
我们 在 这 放 信
咱在此送信，

Sins Buxhas nuangx xux miz xux?
信 汉人 妹 接 不 接
汉族信妹收不收？

Sins Buxlux mengz aul miz aul?
信 位卢 你 要 不 要
卢家信妹要不要？

Ndanl daangsbeangz mengz waanh miz waanh?
个 他方 你 换 不 换
他方信物你接不接？

Isnauz sins Buxhas mengz xux,
如说 信 汉人 你 接
要是汉人信你接，

Sins buxlux mengz aul,
信 卢姓 你 要
卢家信你要，

Ndanl daangsbeangz mengz waanh,
钱 他方 你 换
他方信物愿意接，

Bix xih xaangz idt nganz siangc jis,
哥 就 两 一 银 赠 友 哥就赠银一两一，

Xaangz sis nganz siangc saaul.
两 四 银 赠 情妹 一两四赠妹。

Aul xos fengz maix ruangh,
要 放 手 情 妹 放情妹手中，

Bengz xos rungc maix ruangh.
丢 放 怀 情 妹 丢在妹怀中。

Dah neex dah buxlaez?
河 这 河 哪个 这河哪家河？

Yeeul sez jauc bidtbux.
绿 似 头 公鸭 绿像公鸭头。

Rauz seedt bail degt xaml miz xaml?
我 鱼竿 去 钓 沉 没 沉 咱下钓钩沉不沉？

Saml bail naauh deel ndaix miz ndaix?
心 去 引诱 那 得 没 得 心去引诱行不行？

Maix neex leg raanz laez?
姑娘 这 儿 家 哪 这妹哪家女？

Mal rauz sins bail doongx deel aul miz aul?
来 我 信物 去 试 她 要 不 要 咱送信看她要不要？

Ndaul bail doongx deel lingx miz lingx?
礼物 去 试 她 领 不 领 银两送去她领不领？

Is deel lingx sins rauz,
如 她 领 信物 我 若她接咱信，

Is deel aul sins gul.
如 她 要 信物 我 若她接我信。

Xaangz idt nganz siangc jis,
一两 一 银 放 衣兜 赠银一两一，

Xaangz ngih nganz xos xaul.
一两 二 银 放 衣兜 送银一两二。

Aul xos fengz maix ruangh,
要 放 手 情 妹　　放在妹手中，

Bengz xos rungc maix ruangh.
丢 放 怀 情 妹　　丢放妹怀中。

Jobt xic waanh jobt xic,
斗笠 紫 换 斗笠 紫　　紫伞换紫伞，

Bicbos waanh bicbos.
谷穗 换 谷穗　　口哨换口哨。

Bicluangz waanh bicluangz,
铜哨 换 铜哨　　铜哨换铜哨，

Jeeux beangz feax xaaux waanh.
桥 地方 人们 兴 换　　他乡桥兴换。

Waanh miz deg waanh naaus,
换 不 是 换 久　　换不是永久，

Waanh miz deengl waanh naanz.
换 不 是 换 久　　换时间不长。

Sul banzraanz xih duanh,
你 成家 就 断　　你成家就断，

Naangz banzeeux xih duanh.
小姐 成家 就 断　　妹成家就停。

Goons fih xaaux ndosdaauz,
以前 不 造 桃花　　古时没桃花，

Saaul aul maz bigtlog?
情妹 要 啥 绿色　　妹要啥绿色？

Goons fih xaaux selmog[①],
以前 未 造 苏木　　古时没苏木，

Nuangx aul maz gueh ndil?
妹 要 啥 做 红　　妹要啥为好？

---

① selmog 苏木，可将糯米染成红色，制花糯米饭的一种原料。

Goons mbox fih xaaux hingl,
以前 还 未 造 姜

古时没种姜，

Hingl lacdiams fih mac.
姜 老街 未 生

寨脚姜未长。

Goons fih mogt haaic ndaml gaz.
以前 未 填 海 种 荞子

古未填海种荞，

Naz fih ral ramx xos.
田 未 找 水 放

田里没放水。

Sisxoih ramx fih xoomz,
四周 水 未 汇合

四周水未聚，

Ramx fih mal soslih,
水 未 来 鱼梁

水未进鱼梁，

Byal fih dogt soslih.
鱼 未 落 鱼梁

鱼未掉鱼梁。

Jius ranl ndoongl fih doongx,
亲家 见 亲家 未 打招呼

亲家未招呼，

Nuangx ranl bix fih gaangc.
弟妹 见 哥 未 讲

妹见哥未喊。

Legmbegt byaaic ronl haz fih gvaangx,
姑娘 走 路 还 未 挑逗

姑娘走路未拐弯，

Legsaail xail nazreengx fih gaangc.
男孩 犁 旱田 未 讲

未讲男儿犁干田。

Xeeuhneex lengc mogt haaic ndaml gaz,
这辈 才 填 海 种 荞子

现在才填海种荞，

Naz lengc aul ramx xos,
田 方 要 水 放

田中才放水，

Ramx sisxoih lengc xoomz.
水 四周 才 汇合

四面水才聚。

Ramx lengc mal soslih,
水 方 来 鱼梁

水才来鱼梁，

Byal lengc dogt soslih.
鱼 才 落 鱼梁
鱼才掉鱼梁。

Jius ranl ndoongl lengc doongx,
亲家 见 亲家 才 招呼
亲家才招呼，

Bix ranl nuangx lengc gaangc.
兄姐 见 弟妹 才 讲话
哥见妹才喊。

Legmbegt byaaic ronl lengc xih gvaangx,
姑娘 走 路 才 是 逗引
姑娘走路才拐弯，

Legsaail xailnaz lengc gaangc waangx.
男孩 犁田 才 讲 俏话
男儿犁田话拐弯。

Buxlaez xaaux duezbidt genl ramx lac waail?
哪位 造 鸭子 吃 水 下 河坝
谁兴鸭喝坝下水？

Buxlaez xaaux duezwaaiz genlnyiec gogt lux?
哪位 造 水牛 吃草 根 柳树
谁兴牛吃柳下草？

Yuxjis qyus lac lauz,
女友 在 下 楼
女友在楼脚，

Ral geazxamz laez fih?
找 玩处 没有
找到玩处没？

Yuxjis qyus lac waail,
女友 在 下 河坝
女友在坝下，

Ranl geazxamz laez fih?
见 玩 处 没有
见到玩处没？

Isnauz fih geazxamz,
如说 未 玩处
要是没处玩，

Mal rauz ndaml sianljams,
来 我们 栽 紫菜园
咱栽紫红草，

Mal rauz ndaml sianlwal.
来 我们 栽 花园
我们栽园花。

Gul ral mengz daangs rah,
我 找 你 各 根
你我各一株，

Meangh miz buxlaez hah,
许 没 哪位 干涉 但愿没看管，

Yieh miz yah miz baex buxlaez.
也 不 妻 不 媳妇 哪位 也非人妻媳。

Daez lengc dul naaih suans,
守 才 我们 才 算 有守再打算，

Daez lengc gul naaih suans,
守 才 我 慢 算 有守我再算。

Buxlaez xaaux byagtgaadt ndoongl guel?
哪位 造 青菜 漤 盐 谁造用盐腌青菜？

Buxlaez xaaux faanhwail wenz?
哪位 造 万家姓 人 谁造万家姓？

Buxlaez xaaux gueh gul deems mengz dungxranl?
哪位 造 做 我 和 你 相见 谁让我等你来相见？

Rauz xaaux gueh deems nuangx dungxranl?
我 造 做 和 妹 相见 谁让咱们来相逢？

Jobt xic waanh jobt xic,
斗笠 紫 换 斗笠 紫 紫伞换紫伞，

Bicbos waanh bicbos.
谷穗 换 谷穗 口哨换口哨。

Bicluangz waanh bicluangz,
铜哨 换 铜哨 铜哨换铜哨，

Jeeux beangz feax xaaux waanh.
桥 地方 人们 兴 换 他乡桥兴换。

Waanh miz deg waanh naaus,
换 不 是 换 久 换不是永久，

Ngonzmos sul banzraanz xih duanh,
今后 你 成家 就 断 他日成家就了断，

Ngonzmos nuangx banzeeux xih duanh.
今后 妹 成家 就 断 他日妹成家就了断。

Waanh miz deg waanh nyel,
换 不 是 换 久　　换非换永久，

Xohrez sul bail riel xih duanh.
今后 你 去 惯 就 断　　妹熟习就了断 。

Is nuangx jaiz bail yux waanh fad,
如 妹 想 去 玩 换 带　　如妹交友喜换带，

Is nuangx jaiz bail yux waanh sail.
如 妹 想 去 玩 换 带　　如妹玩表喜换带。

Miz haec meeh baslaail rauzrox,
不 给 母 多嘴 咱知道　　别给多嘴母知道，

Meeh rox xih miz banz.
母 知 就 不 成　　母知就不成。

Anxxix ndanl guehxamz rauz waaih,
以免 个 玩耍 咱 坏　　否则好事坏，

Menz bail yux rauz waaih.
事 去 玩 咱 坏　　交友门路坏。

Buxlaez xaaux gueh saaul xib xax weadtrih?
哪位 造 做 情妹 十 柴刀 砍荒　　谁造妹十刀砍荒？

Buxlaez xaaux gueh jis xib xax weadt ndongl?
哪位 造 做 朋友 十 柴刀 砍 林子　　谁造友十刀砍林？

Xaaux gueh xib ngih yah Baslongz xaaux roomc,
造 做 十 二 老妇“百笼” 造 蓝靛　　兴十二老妪造蓝靛，

Xaaux danc foonx lumc al.
造 穿 黑 像 乌鸦　　兴穿黑如鸦。

Xib ngih yah lacbyal xaaux yux,
十 二 老妇 岩脚 造 玩　　十二岩脚妇造爱，

Xaaux yux xaaux ronljail,
造 玩 造 路 远　　造爱兴路远，

Xaaux xonz maiz bail goons.
造 句 笑 去 先　　造趣话先行。

Xaaux xos byas gaamc ndingl,
造 放 顶 洞 红

造在红岩洞，

Xaaux xos dinlbol xiex,
造 放 山脚 神

造在神山脚，

Xaaux lacsiec raanzdianh.
造 檐下 店家

造店家檐下。

Xaaux lachoz buxses,
造 脖下 媒人

造在媒人前，

Buxses buxsaec beas dingzjaangl.
媒人 侍人 抢 途中

媒人走中间。

Aanlxonz haec soonglbaaih,
设句 给 双方

说话给两边，

Beehnauz byaangz xih byaangz,
虽说 谎 就 谎

即使是流言，

Beehnauz byax xih byax.
虽说 稀 就 稀

即使是蜚语。

Dangz dohnac lengc sil,
到 面前 才 弄清

要当面澄清，

Lix xonz feax xih waaih,
依 句 别人 会 坏

闲话会变坏，

Joz feax baaic xih waaih.
被 别人 诓 就 坏

遭人骗就坏。

Genz yieh reeuz dah neex lix byal,
上 也 说 河 这 有 鱼

上也说这河有鱼，

lac yieh reeuz naz neex lix benh.
下 也 说 田 这 有 肥料

下也说这田有肥。

Reeuz saaul numh lix bangz,
传说 妹 嫩 有 布

说嫩妹有布，

Rauz xuangs saml mal waanh,
我 放 心 来 换

咱放心来换，

Bix xuangs daamc mal waanh.
哥 放 胆 来 换
哥放胆来换。

Mal waanh dangz lac xaanz,
来 换 到 下 晒台
来到晒台换，

Ranl nuangx nangh dazwaais.
见 妹妹 坐 纺纱
见妹在纺纱。

Dazwaais lac ngauzdangl,
纺纱 下 灯影
纺纱灯影下，

Ranl nuangx dazwaais ngaeh.
看 妹 纺纱 入迷
见妹纺入迷。

Saaul xibxadt yianz rox,
情妹 十七 原 知
妹十七就懂，

Mbaaus xibguc yianz gvaail.
情郎 十九 原 乖
哥十九就知。

Bix xih haail nganz headt xuangssins,
哥 就 开 银 腰 放信
哥拿腰间银作信，

Aul sins bail gvaangx dangz meeh,
要 信 去 送 到 母亲
用信找到妈，

Ndaul bail doongx dangz meeh.
礼品 去 问 到 母亲
礼物讲到妈。

Meeh nuangx qyus dul daangs xuangs mail,
母亲 妹 在 门 窗 放 线
阿妈大门口放线，

Bail dulxaanz xuangs yiangh,
去 晒台门 放 东西(信物)
去晒台门放信，

Raanz dulmbongx xuangs yiangh.
家 门窗 放 东西(信物)
窗前去放信。

Xuangs bail yiangh soongl yiangh silsungz,
放 去 样 两 样 丝绒(衣服)
放了一两样丝绒，

Ndaangl dul dungz riangz ruangh,
身 我们 激动 和 妹
心为妹激动，

Ndaangl gul gaangx riangz ruangh.
身 我 僵 和 妹
身为妹僵硬。

Sins bix bail bildaul,
信 哥 去 前年
哥信前年去，

Ndaul gul bail bilgvas.
身 我 去 去年
哥银去年走。

Bail gaais nyas ndianlxiangl,
去 那 季 正月
去那正月间，

Ndianlxiangl waanz ndianlxiangl,
正月 还 正月
正月加正月，

Ndianlxiangl nuangx gueh nyib jaangl raanz.
正月 妹 做 针线 中 家
正月妹堂中缝衣。

Bix ndaix waangl bail yianh,
哥 得 走 去 递
哥得亲自送，

Gvaangl ndaix byaaic bail yianh.
少爷 得 走 去 递
我得走去送。

Ndaix yianh saauh ndaix lingx,
得 递 像 得 领
得送相当领，

Ndaix lingx saauh ndaix aul.
得 领 像 得 要
得领相当要。

Saml maz mead sins goy?
心 啥 灭 信物 哥
为啥瞒哥信？

Gvaail xih genl buxgax,
乖 就 吃 贩子
聪明吃商人，

Yax xih genl buxhel.
猾 就 吃 商贩
心狠吃贩子。

Myaec genl gul gvaanghguns,
别 吃 我 光棍
别吃光棍我，

Myaec genl bix gvaanghguns.
别 吃 哥 光棍
别吃光棍哥。

Sins bix bail bildaul,
信物 哥 去 前年　　　哥信前年去，

Ndaul gul bail bilgvas.
物 我 去 去年　　　哥物去年去。

Bail gec nyas ndianlngih,
去 那 季 二月　　　去时是二月，

Ndianlngih waanz ndianlngih,
二月 还 二月　　　二月加二月，

Ndianlngih nuangx dogt weangc genz raanz.
二月 妹 撒 小米 上 家　　　二月妹在种小米。

Bix ndaix waangl bail yianh,
哥 得 走 去 递　　　哥得亲自送，

Gvaangl ndaix henc bail yianh.
少爷 得 上 去 递　　　我得上去送。

Ndaix yianh sul ndaix lingx,
得 递 你们 得 领　　　得送你得领，

Ndaix yianh nuangx ndaix aul,
得 递 妹 得 要　　　得送妹得要，

Samlmauz mead sins bix.
心狠 灭 信物 哥　　　心狠瞒哥信。

Gvaail xih genl Buxhas jaangljeex,
乖 就 吃 汉人 集市上　　　聪明就吃街上汉人，

Rox xih genl buxgax jaanglhel,
会 就 吃 商贩 集市中　　　懂就吃市上商人。

Myaec genl gul gvaanghguns,
不 吃 我 光棍　　　别吃光棍我，

Myaec genl bix gvaanghguns.
不 吃 哥 光棍　　　别吃光棍哥。

Sins bix bail bildaul,
食物 哥 去 前年　　　哥信送前年，

Ndaul gul bail bilgvas.
礼物 我 去 去年　　我物送去年。

Bail gec nyas ndianlsaaml,
去 那 季 三月　　送那三月份，

Jazdeel jaangl dogt waais.
那时 中 种 棉花　　那时种棉花。

Nuangx dogt waais genz raanz,
妹 种 棉花 上 家　　妹房后种棉，

Bix ndaix waangl bail yianh.
哥 得 走 去 递　　哥就得去送。

Xinl fengz bix ndaix yianh,
真 手 哥 得 递　　是哥亲手送，

Sins bix sues sal haaul,
食物 哥 色 纸 白　　哥信白纸包，

Ndaul gul baaul sal noonh.
礼物 我 色 纸 红色　　我物包红纸。

Doonh ndeeul heenc,
节 一 黄色　　一节黄，

Doonh ndeeul haaul,
节 一 白色　　一节白，

Xos fengz saaul beangz roh.
放 手 情妹 地方 外　　放在妹手上。

Sins bix jis haec byoob,
信物 哥 寄 给 芦竹　　哥信寄芦竹，

Laaul byoob deel bail gaamc.
怕 芦竹 带 去 岩洞　　怕竹带进洞。

Nehhaz jis haec gaanx,
打算 寄 给 獭　　想要寄给獭，

Laaul gaanx dez bail roongz.
怕 獭 带 去 窝　　怕獭带进窝。

Nehhax jis haec bux gvas ronl,
打算 寄 给 位 过 路　　　想请路人带，

Laaul xih xonz miz doongx dangz ruangh.
怕 是 句 不 讲 到 你　　　又怕话传不到妹。

Jis bux ndil laaul lox,
寄 人 好 怕 骗　　　寄好人怕骗，

Dangs buxhoc laaul lumz.
嘱咐 穷人 怕 忘　　　寄穷人怕忘。

Nacndaix xos jeenlbeah bail xunz,
最好 放 衣袖 去 玩　　　宁愿衣袖带去玩，

Ranl nac nuangx lengc yianh,
见 面 妹 才 递　　　见妹当面交，

Bungz nac nuangx lengc yianh.
遇 面 妹 才 递　　　见妹面才交。

Bas dois bas lengc xinl,
嘴 对 嘴 才 真　　　口对口才真，

Fengz gaml fengz lengc banz.
手 握 手 才 放心　　　手拉手才成。

Byagtdeengz rungl ramx heenc,
苦菜 煮 黄 水　　　苦菜汤就黄，

Genl lengc jeenx lengc neh.
吃 才 哽 才 思　　　难吃才相思。

Sins bix bail bildaul,
食物 哥 去 前年　　　哥信送前年，

Ndaul gul bail bilgvas.
礼物 我 去 去年　　　哥物送去年。

Bail gec nyas ndianlsis,
去 那 季 四月　　　送那四月份，

Ndianlsis waanz ndianlsis,
四月 还 四月　　　四月加四月，

Ndianlsis nuangx degt benh xos damz,
四月 妹 打 秧青 放 塘
四月阿妹打秧青，

Ndianlsis nuangx degt benh xos naz.
四月 妹 打 秧青 放 田
四月妹积肥放田。

Ranl ndaix waangl bail yianh,
见 得 走 去 递
见就走去送，

Gvaangl ndaix byaaic bail yianh.
少爷 得 走 去 递
哥得走去送。

Ndaix yianh sul ndaix lingx,
得 递 你们 得 领
得送你得领，

Ndaix lingx saaul ndaix aul.
得 领 妹 得 要
得领妹得要。

Samlmauz mead sins bix,
心狠 灭 信物 哥
心狠瞒哥信，

Gvaail xih genl buxgax,
乖 就 吃 贩子
聪明吃商人，

Yax xih genl buxhel.
猾 就 吃 商贩
狠就吃贩子。

Myaec genl gul gvaanghguns,
别 吃 我 光棍
别吃光棍我，

Myaec genl bix gvaanghguns.
别 吃 哥 光棍
别吃光棍哥。

Sins bix bail bildaul,
信物 哥 去 前年
哥信去前年，

Ndaul gul bail bilgvas.
礼物 我 去 去年
我物送去年。

Bail gec nyas ndianlhac,
去 那 季 五月
送时是五月，

Ndianlhac waanz ndianlhac,
五月 还 五月
五月加五月，

Nuangx ndamlnaz dongh lac,
妹　栽秧　坝　下　　妹下坝栽秧，

Nuangx logtjac dongh genz,
妹　扯秧　坝　上　　妹上坝拔秧，

Rauz ndaix bungz bail yianh.
我　得　遇　去　递　　正巧遇着送。

Gul ndaix waangl bail yianh,
我　得　走　去　递　　我得走去送，

Ndaix yianh sul ndaix lingx.
得　递　你们　得　领　　得送你得领。

Ndaix lingx nuangx ndaix aul,
得　领　妹　得　要　　得领妹得要。

Samlmauz mead sins bix.
心狠　灭　信物　哥　　心狠瞒哥信，

Gvaail xih genl buxgax,
乖　就　吃　贩子　　聪明吃商人，

Yax xih genl buxhel.
猾　就　吃　商贩　　心狠吃商贩。

Myaec genl gul gvaanghguns,
别　吃　我　光棍　　别吃光棍我，

Myaec genl bix gvaanghguns.
别　吃　哥　光棍　　别吃光棍哥。

Sins bix bail bildaul,
信物　哥　去　前年　　哥信送前年，

Ndaul gul bail bilgvas.
礼物　我　去　去年　　我物送去年。

Bail gec nyas ndianlrogt,
去　那　季　六月　　送时是六月，

Ndianlrogt waanz ndianlrogt,
六月　还　六月　　六月加六月，

Nuangx ndaailwaais rihrog genz raanz.
妹 种棉花 熟地 上 家　　妹在屋后薅棉花。

Bix ndaix henc bail yianh,
哥 得 上 去 递　　哥得上去送，

Gul ndaix waangl bail yianh.
我 得 走 去 递　　我得走去送。

Ndaix yianh sul ndaix lingx,
得 递 你们 得 领　　得送你得领，

Ndaix lingx nuangx ndaix aul.
得 领 妹 得 要　　得领妹得要。

Samlmauz mead sins bix,
心狠 灭 信物 哥　　心狠瞒哥信，

Gvaail xih genl buxgax,
乖 就 吃 贩子　　聪明吃商人，

Yax xih genl buxhel.
猾 就 吃 商贩　　狠就吃商贩。

Myaec genl gul gvaanghguns,
别 吃 我 光棍　　别吃光棍我，

Myaec genl bix gvaanghguns.
别 吃 哥 光棍　　别吃光棍哥。

Masdaauz qyus yiangh daauz,
桃子 在 样 桃子　　桃子在桃树，

Haaul uns qyus lac jis.
白 软 在 下 枝　　白嫩在枝头。

Is bix rox daauz hamz,
如 哥 知 桃子 苦　　若哥知桃苦，

Raaix miz ndaml mengz mas,
该 不 栽 你 果子　　哥不栽你果。

Isrox nuangx dungxqyas samlyeeul,
如知 妹 肚恶 心狠　　若知妹心狠情淡，

Raaix miz idt xonzndeeul idt roih,
真 不 一 一句 一 叙

不该句句赞美你，

Raaix miz deel xonzgaangc jic roih.
真 不 那 句话 几 叙

不该句句表衷情。

Sins bix bail bildaul,
信物 哥 去 前年

哥信去前年，

Ndaul gul bail bilgvas.
礼物 我 去 去年

哥物送去年。

Bail geacnyas ndianlxadt,
去 那季 七月

那时是七月，

Ndianlxadt waanz ndianlxadt,
七月 还 七月

七月加七月，

Ndianlxadt nuangx rib weangc byaailbaanz.
七月 妹 摘 小米 环山路

七月阿妹收小米。

Bix ndaix waangl bail yianh,
哥 得 走 去 递

哥得过去送，

Gvaangl ndaix henc bail yianh.
少爷 得 上 去 递

我得上去送。

Ndaix yianh sul ndaix lingx,
得 递 你们 得 领

得送你得领，

Ndaix lingx saaul ndaix aul.
得 领 妹 得 要

得领妹得要。

Byacdeg duez dungxqyas,
雷劈 只 心狠

雷打狠心人，

Byacdeg duez dungxbenl.
雷劈 只 心狠

雷打恶心人。

Banzmaz mead sins gul?
为啥 灭 信物 我

为啥瞒我信？

Masdaauz qyus yiangh daauz,
桃子 在 样 桃子

桃子在桃树，

Haaul uns qyus lac jis.
白 软 在 下 枝 白嫩在枝上。

Bix miz rox ngvihdaauz waanl,
哥 不 知 桃仁 香 哥不知桃仁香，

Leglaaiz jaangl daauz menh.
其实 中 桃 粉 谁知桃心粉。

Bas mengz lenh riangz bix ndilndil,
嘴 你 叙 和 哥 好好 你说好好地跟哥，

Miz nyiz saaul dungxqyas.
没 想 情妹 狠毒 不疑妹狠心。

Sins bix bail bildaul,
食物 哥 去 前年 哥信去前年，

Ndaul gul bail bilgvas.
礼物 我 去 去年 哥物送去年。

Bail geacnyas ndianlbeedt,
去 那季 八月 送时是八月，

Ndianlbeedt waanz ndianlbeedt,
八月 还 八月 八月加八月，

Ndianlbeedt nuangx ribmeeuz.
八月 妹 收割 八月妹摘谷。

Rox ndaix waangl bail yianh,
我 得 走 去 递 知道就去送，

Gul ndaix waangl bail yianh.
我 得 走 去 递 我得过去送。

Ndaix yianh sul ndaix lingx,
得 递 你们 得 领 得送你得领，

Ndaix lingx saaul ndaix aul.
得 领 妹 得 要 得领妹得要。

Beah xih yah laail lingx,
衣服 就 女子 多 领 衣是人妻领，

Hinc xih yah laail hogt.
裙 就 女子 多 瓣
裙是人妻瓣。

Hogtndeeul xux byagtngaaih,
一瓣 接 蒿菜
一瓣接蒿菜，

Baaihndeeul xux byagtanl.
一边 接 野芹菜
一瓣接芹菜。

Ranl buxgenz yieh waanh,
见 上个 也 换
上边人也换，

Bungz buxdiec yieh waanh.
遇 下个 也 换
下边人也换。

Byac sigt duez dungxqyas,
雷 撕 你 狠毒
雷打狠心人，

Byac bas duez samlngoz.
雷 劈 你 坏心
雷劈恶心人。

Mboxmiz gaangc haucxel hauchoz riangz bix,
不是 讲 合心 合意 和 哥
讲话从不合哥意，

Gul genl mas genl manc byaailfaix yieh jaiz.
我 吃 果子 吃 李子 树梢 也 想
我吃树梢果也想。

Rauz genl nail byaailgvaauc yieh xoh,
我 吃 雪 山顶 也 名
吃山顶雪也想，

Heeh mengz qyus basmbos basxingc dianl miz dianl?
不知 你 在 井边 井旁 念 不 念
不知你在水边井口念不念?

Bix gah qyus raanz gah genl ianl gah daic,
哥 自 在 家 自 抽 烟 自 哭
哥自抽烟自哭泣，

Xac bix myonh lumc dauz,
我 肠子 朽 如 水草
等我烂如草，

Nauz dangz saaul miz xieh.
说 到 情妹 不 信
说了妹不信。

Sins bix bail bildaul,
信物 哥 去 前年
哥信去前年，

Ndaul gul bail bilgvas.
礼物 我 去 去年　　哥物送去年。

Bail geac nyas ndianlguc,
去 那 季 九月　　送时是九月，

Ndianlguc waanz ndianlguc,
九月 还 九月　　九月加九月，

Sins bix sins gaais jobt jeexmauc,
信物 哥 信物 那 斗笠 兔场　　哥信是卯场笠，

Sins bix sins gaais haux jeexsanl,
信物 哥 信物 卖 米 猴场　　哥信是那猴场米，

Bail deengl nganz xaangz ngih.
去 定 银 两 二　　花银一两二。

Isnauz bail sisxeenz,
如说 去 四钱　　要是去四钱，

Beengz mizranl xih ies,
你 不见 就 算　　不见也就算，

Jiml miz lingx xih ies,
妹 不 领 就 算　　妹不要就算，

Gaaisneex bail xaangz sis dangz xaangz hac.
这个 去 两 四 和 两 五　　这是花一两四五。

Nac miz ranl xih jih,
面 不 见 是 忌讳　　不见就犯忌，

Miz ranl bix xih jih.
不 见 哥 是 忌讳　　不见哥犯忌。

Mengz xih bas genl ramx mboslinz,
你 是 嘴 吃 水 凌井　　你是嘴喝灵井水，

Soongl dinl diab baangx mbos.
两 脚 踩 边 井　　双脚踩井边。

Bas xih gaangc riangz gul,
嘴 是 讲 和 我　　嘴说是跟我，

Saml mengz maaic bux roh,
心 你 想 人 他
你心爱他人，

Xelhoz maaic bux roh.
内心 想 人 他
心情爱他人。

Sins bix bail bildaul,
信物 哥 去 前年
哥信去前年，

Ndaul gul bail bilgvas.
礼物 我 去 去年
我物送去年。

Bail geac nyas ndianlxib,
去 那 季 十月
送时是十月，

Ndianlxib waanz ndianlxib,
十月 还 十月
十月加十月，

Ndianlxib rauz waanh jobt,
十月 咱 换 斗笠
十月换斗笠，

Mengz xaz jobt bix myonh.
你 嫌 斗笠 哥 朽
你嫌哥笠烂。

Bix xiez mengz waanh gonh,
哥 邀 你 换 手镯
我约你换镯，

Mengz xaz gonh bix luangz,
你 嫌 手镯 哥 穷
你嫌是铜镯，

Mengz xaz gonhries daangs beangz miz waanh.
你 嫌 手镯 各 地方 不 换
你嫌他方铝镯不换。

Xaz sins laez xaz wenz?
嫌 信物 或 嫌 人
嫌信还是人？

Xaz sins bix xih diamz,
嫌 信物 哥 就 添
嫌信哥就添，

Xaz wenz bix xih ies.
嫌 人 哥 就 算
嫌人哥就罢。

Miz gvas hoc gaais nganz gueh bas,
不 过 穷 那 银 做 百
最多缺银子上百，

Miz gvas hoc gaais nganz gueh xianl.
不 过 穷 那 银 做 千
最多缺银子上千。

Eenl xaaml mengz miz gaanh,
必 讨 你 不 断
只求你不拒，

Damx xaaml nuangx miz gaanh.
只 讨 你 不 断
唯求妹不拒。

Miz gvas mailsil leeux gueh deeuh,
不 过 丝绒 完 做 十斤
最多买线上十斤，

Jiml seeus leeux gueh xaangz.
针 绣花 完 做 两
花针用上两。

Boh raanz hoc miz ruangh,
当 家 穷 不 愁
穷家不担心，

Daangl raanz roix miz ruangh.
当 家 烂 不 愁
贫家不忧愁。

Sins bix bail bildaul,
信物 哥 去 前年
哥信去前年，

Ndaul gul bail bilgvas,
礼物 我 去 去年
我物送去年。

Bail geacnyas ndianlidt,
去 那季 十一月
送时是冬月，

Gusdeel bix lix xongl nganzraih,
那时 哥 有 袋 碎银
那时哥有袋碎银，

Gusdeel gul lix daih nganz liangz.
那时 我 有 袋 银 粮
当时我有袋粮银。

Mengz riangz gul dungx leeh,
你 和 我 共 选
你跟我挑选，

Nuangx riangz bix dungx leeh.
妹 和 哥 共 选
妹跟哥挑选。

Leeh jeebt ndux deel mbaul,
选 个 前 它 轻
第一块是轻，

Mengz xih aul soongl jeebt dungxdoih.
你 就 要 两 个 一起
你就接连要两块。

Gvaail xih genl buxgax,
乖 就 吃 贩子
聪明吃商人，

Yax xih genl buxhel,
猾 就 吃 商贩
狠就吃商贩，

Myaec genl gul gvaanghguns.
别 吃 我 光棍
别吃光棍我。

Byac sigt mengz dungxqyas,
雷 撕 你 狠心
雷打你狠心，

Byac bas duez dungxbenl,
雷 劈 只 狠心
雷劈恶心人，

Xiez gueh raanz wenz ndeeul miz xux,
邀 做 家 人 一 不 愿
约你成家不愿意，

Xiez bail yux miz bail.
邀 去 玩耍 不 去
约玩表不玩。

Bail xaaux raanz xih aangs,
去 造 家 就 高兴
去成家高兴，

Ndanl xaaux eeux xih aangs,
个 造 家 就 高兴
去立业高兴。

Saml xizyah samlgungx,
心 妇女 心狠
女人心弯扭，

Dungx xizyah dungxqyas.
肚 妇女 心狠
女人心恶毒。

gah bail yux gah mengz,
自 去 玩 自 你
玩表独是你，

Roonghndianl baanx bix nangh,
月亮 伴 哥 坐
月亮陪哥坐。

Sins bix bail bildaul,
信物 哥 去 前年
哥信去前年，

Ndaul gul bail bilgvas.
礼物 我 去 去年 哥物送去年。

Bail gec nyas ndianllaab,
去 那 季 腊月 去时是腊月,

Ndianllaab xih dogtnail,
腊月 就 下雪 腊月就下雪,

Sins bix lail dah nuangx xih ndaml,
信物 哥 中 河水 妹 就 潜 哥信落水妹就潜,

Dogt damz saaul xih leeuh,
落 塘 情妹 就 游 落塘妹就游,

Leeuh aul sins bix mal.
游 要 信物 哥 来 游要哥信回。

Byal ndael ramx dezsoh,
鱼 里面 水 作证 水中鱼诚实,

Leeuh aul sins bix mal.
游 要 信物 哥 来 游要哥信回。

Al genz jauc dezsoh,
乌鸦 上 头 作证 头上鸦诚实,

Sins bix mengz yieh ndaix,
信物 哥 你 也 得 哥信你也得,

Sins mengz bix yieh ndaix.
信物 你 哥 也 得 你信哥也得。

Isnauz mengz miz xiz,
如说 你 不 嫌 要是你不嫌,

Isnauz mengz miz xaz.
如说 你 不 弃 若是你不弃。

Rauz qyus neex gaangc gvas,
咱们 在 这 讲 过 咱在此讲过。

Boh mengz qyas rox ndil.
父 你 凶 会 好 你爸凶会好。

Miz xeel mauc riangz xiz bail nangh,
不 丢 卯 和 辰 去 坐　　　不论卯和辰去坐，

Xiz dungx mauc bail nangh.
辰 和 卯 去 坐　　　辰和卯去坐。

Beehnauz dangs yieh bail,
虽说 转告 也 去　　　有约也去坐，

Beeh miz dangs yieh bail.
既 不 转告 也 去　　　没约也去坐。

Ronl jail miz xac dangs,
路 远 不 等 转告　　　路远不用约，

Bux gvas ronl hams deel yieh nauz.
人 过 路 问 他 也 说　　　过路人问也说。

Yux rauz ndil laez qyus?
我 情妹 好 或 在　　　我妹好了没？

Silsungz ganc laez qyus?
丝绒 健 或 在　　　身体好了没？

BAAIZ GOGTWEANL
缘由歌

Legsaail:
男　　　　　　　　　　　　　　　　　　　　男:

Mal dongz[①] gaangc mengz nyiel lo xinh[②],
来　我　讲　你　听　咯　妹　　　　我来讲你听吧妹,

Mal dongz lenh mengz nyiel lo yux[③].
来　我　论　你　听　咯　情　　　　我来说你听吧友。

Ndicnyiel dab ndicnyiel lo yux,
认真听　来　认真听　咯　情　　　　请你认真听吧情,

Ndicnyiel dauc ndicnyiel lo ruangh[④].
认真听　又　认真听　咯　妹　　　　请你认真听吧妹。

Miz ranl eens laez mbinl lac ngvax[⑤],
没　见　燕　子　飞　下　瓦　　　　没见燕子檐下飞,

Miz ranl eens laez gvax lac lauz.
没　见　燕　子　盘旋　下　楼　　　　没见燕子楼下旋。

Yux genl xauz laez fih?
情友　吃　饭　了　没　　　　情友吃饭了没?

---

① dongz,在布依语里分别有老庚、情哥、情妹、情人等义项。在不同的句子译为不同的词。下同。

② xinh,有清醒、聪明之意。在布依族民歌里,有时指人(情妹或情哥),有时是作为昵称。

③ yux,情友、情人。

④ ruangh,忧、愁。有时指人(妹或哥),有时是作为昵称。

⑤ ngvax,瓦,在此借指屋檐。

Saaul[1] genl haux laez fih?
妹 吃 饭 了 没
情妹吃饭了没?

Genl xauz leeux homx bas,
吃 饭 了 漱 口
吃完饭漱口,

Genl xauz leeux ras ndanl[2].
吃 饭 了 洗 碗
吃完饭洗碗。

Genl xauz ies rauz dianl haaus ruangh,
吃 饭 过 咱 谈 话 思念
吃过饭了咱谈心,

Genl xauz ies rauz lenh haaus ruangh.
吃 饭 过 咱 谈 话 思念
吃过饭了咱谈情。

Weanl[3] xih weanl dumh xaux,
歌 就 歌 趁 早
唱就赶紧唱,

Weanl xih weanl dumh myaangz.
歌 就 歌 还 快
唱就赶快唱。

Dumh ramx rauc fih sees,
趁 水 暖 没 开
趁水没烧开,

Dumh bux jees bux laaux fih ninz.
趁 老 人 大 人 没 睡
趁老人大人没睡。

Weanl jaangl henz ndilmaiz,
歌 半 夜 喧闹
半夜唱热闹,

Weanl lac gais deg nauz bux laaux.
歌 下 鸡 被 说 大 人
闻鸡唱歌就被说。

Legmbegt:
女
女:

Mal saaul daaus mengz nyiel lo xinh,
来 妹 回 你 听 咯 亲
让妹讲来给你听,

---

① Saaul,情妹,相好。有时作为唱歌者的自称我、妹。
② ndanl,个,这里指碗筷。
③ weanl,歌,这里指唱歌。

Mal saaul lenh mengz nyiel lo yux.
来 妹 谈 你 听 咯 情　　让妹谈来给你听。

Mengz dais mianh laez dauc mo waais①?
你 从 面 哪 来 么 棉花　　你从哪里来呀乖?

Mengz dais baaih laez dauc mo yaangz?
你 从 边 哪 来 么 高粱　　你从哪儿来呀宝贝?

Dongz dais baaih laez waangl dangz nix?
情哥 从 边 哪 拐弯 到 此　　哥从哪儿来到此?

Mengz dais mianh laez dauc mo waais?
你 从 面 哪 来 么 棉花　　你从哪里来呀乖?

Dongz dais baaih laez dauc mo menl②?
你 从 边 哪 来 么 情人　　你从哪儿来呀宝贝?

Dongz dais baaih laez xunz dangz nix?
你 从 边 哪 玩 到 此　　你从哪儿玩到此?

Haec mengz daaus weanl yux,
给 你 回 歌 情人　　叫你对情歌,

Haec yux daaus weanl dongz.
给 你 回 歌 情哥　　叫你答情哥。

Ndicnyiel dab ndicnyiel lo yux,
认真听 来 认真听 咯 情友　　认真听吧我的亲,

Ndicnyiel dauc ndicnyiel lo ruangh.
认真听 又 认真听 咯 情　　认真听吧情人。

Ndicnyiel jimlndanllux③ mengz haaus,
听 金滚珠 你 话　　请你听你的情妹说,

Ndicnyiel yux miz raanz mengz haaus.
听 情妹 没 家 你 话　　听你单身妹的话。

① waais,棉花,下句的 yaangz,高粱。在这里是情友、情人的别称。
② menl,原义为细小,借指情友、情人。
③ jimlndanllux,原义为金滚珠,这里是自称。

Saaul yieh ndiabt jaiz gaangc,
妹 也 想 想 讲

阿妹也想讲，

Yux yieh neh jaiz haanl.
情 也 想 想 回答

阿妹也想答。

Laaul laail daanz wallaangh①,
怕 多 讥笑 花宽

怕人笑风骚，

Laaul feax doongx wallaangh.
怕 别人 讲 花宽

怕人说风骚。

Nauz wallaangh bail jail,
说 花宽 去 远

到处传风骚，

Nauz mail minx maixsaaul miz lih,
说 别名 阿妹 没 礼

笑说阿妹不懂礼，

Nauz saaulngih ndanl beangz miz laix.
说 二妹 个 地方 没 礼

这方阿妹不懂礼。

Saaul ax bas miz ndil ax bas,
妹 张 嘴 不 好 张 嘴

妹张口也不好，

Saaul ax bas laaul xaz onlgaamx,
妹 张 嘴 怕 丛 刺篷

妹张嘴也怕刺篷，

Saaul ax bas laaul xaamx onlliz.
妹 张 嘴 怕 碰 梨刺

妹张嘴也怕梨刺。

Laaul deg manc deg yil buxgaus②,
怕 遭 恐吓 遭 议论 旧人

怕得罪你的旧情人，

Laaul deg nyaus deg xonz buxndux.
怕 遭 骂 遭 话 前人

怕你旧情人咒骂。

Fens saaul daans dangc nix,
份 妹 谈 如 此

阿妹谈这些，

① wallaangh，原义是大花瓣，在此指风骚。
② buxgaus，下句的 buxndux，均指旧情人，初恋。

Daans dangc nix lengc lix fens dongz ndeeul mos,
谈 这 些 才 有 份 情哥 一 新

谈这些才有新歌，

Fens dongz lix riangzlangl daaus mos.
份 情哥 有 跟后 回 新

阿哥随后有新歌。

Legsaail：
男

男：

Laaul deg manc deg yil buxgaus nix me?
怕 遭 恐吓 遭 议论 旧人 是 吗

怕得罪旧人是吗？

Laaul deg nyaus deg yil buxndux nix me?
怕 遭 咒骂 遭 议论 前人 是 吗

怕旧人咒骂是吗？

Bausdongz miz lix buxndux,
情哥 没 有 旧人

情哥没旧人，

Bausdongz yux miz laail.
情哥 情人 不 多

情哥没情人。

Is gul lix ianl ndil xos jiabt,
如 我 有 烟 好 放 烟袋

假如有好烟装袋，

Gul miz ndiabt ianl yeeul mal iangx.
我 不 想 烟 青 来 炕

我不会要青烟炕。

Gul lix buxxinh buxgeangx qyus raanz,
我 有 明人 巧人 在 家

如有灵巧人在家，

Gul miz gaamc mal laanz saaul nangh,
我 不 敢 来 拦 妹 坐

我不敢拦妹坐，

Gul miz waangl mal dax saaul nangh.
我 不 拐 来 赌 妹 坐

我不拐弯请妹坐。

Fens dongz daans yiangh nix,
份 哥 谈 这 样

阿哥这样说，

Daans yianghnix lengc lix fens saaul yiangh mos,
谈 这样 才 有 份 妹 样 新

这样说妹才有新歌，

Fens saaul lix riangzlangl daaus mos.
份 妹 有 跟后 回 新
阿妹才会对新歌。

Legmbegt:
女
女:

Ndicnyiel dab ndicnyiel lo yux,
认真听 来 认真听 咯 情友
认真听吧情友,

Ndicnyiel daaus ndicnyiel dongz ruangh.
认真听 来 认真听 情哥 思念
再认真听吧情哥。

Ndil miz gvas xaz gaad,
好 不 过 丛 花椒
好吃不过花椒籽,

Xaad miz gvas xaz xeeul.
辣 不 过 丛 胡椒
辣不过胡椒粉。

Ndil miz gvas dongz reeul ndael mbaanx,
好 不 过 情人 笑 内 寨
好不过寨上笑脸人,

Ndil miz gvas dongz baanx reegt raanz.
好 不 过 情人 陪 边 家
好不过屋边陪伴人。

Genl gec somc geac waanl dungz yianh,
吃 那 酸 那 香 相 送
共享各种酸和甜,

Miz genl yiangh laez xeel legyux[①].
不 吃 样 哪 丢 情人
不吃哪样丢情人。

Fens saaul daans dangcnix,
份 妹 谈 这样
阿妹说这些,

Daans dangcnix lengc lix fens dongz daaus mos,
谈 这样 才 有 份 情哥 回 新
说了这些哥再答,

Fens dongz lix riangzlangl daaus mos.
份 情哥 有 跟后 回 新
情哥随后对新歌。

① legyux,情友、情人。

Legsaail：
男

男：

Ndicnyiel dab ndicnyiel saaul nyaaux[①],
认真听　来　认真听　妹　吵闹
认真听吧忧愁妹，

Ndicnyiel dauc ndicnyiel saaul ruangh.
认真听　来　认真听　妹　发愁
认真听吧发愁妹。

Ndicnyiel jimlndanllux mengz haaus,
认真听　金滚珠　你　话
听你情哥哥的话，

Ndicnyiel yux miz raanz mengz haaus,
认真听　情人 没　家　你　话
听你单身哥的话，

Ndicnyiel dongz jaaus miz eeux miz raanz mengz dianl.
认真听　情人　类　没　仓　没　家　你　说
听你没家没室哥来说。

Beangz dongz hoc ramx sag,
地方　情哥　穷　水　洗
哥方没水洗，

Beangz dongz hoc ramx suah.
地方　情哥　穷　水　涮
哥方没水涮。

Beangz dongz hoc fenz bas xos fiz,
地方　情哥　穷　柴　劈　放　火
哥方没柴块烧火，

Beangz dongz hoc wenz ndil daans ruangh.
地方　情哥　穷　人　好　谈　愁
哥方没好人谈心。

Gul lengc juangh mal xiez mengz xamz,
我　才　跳　来　约　你　玩
我才专门约你玩，

Gul lengc juangh mal riangz mengz gaangc.
我　才　跳　来　跟　你　讲
我才专门给你讲。

Mal gul gaangc mengz nyiel dongz xinh,
来　我　讲　你　听　情人　精明
听我讲吧精明妹，

Mal gul lenh mengz nyiel dongz nyaaux.
来　我　论　你　听　情友　吵闹
听我说吧忧愁妹。

① nyaaux，原义为闹退婚或离婚，这里指吵闹。

Fens dongz daans dangcnix,
份 情友 谈 这样
情哥说这些，

Daans dangcnix lengc lix fens saaul xonz mos,
谈 这样 才 有 份 妹 句 新
这样说妹才有新歌，

Fens saaul lix riangzlangl daaus mos.
份 妹 有 跟后 回 新
情妹随后有新歌。

Legmbegt:
女
女：

Ndicnyiel dab ndicnyiel dongz nyaaux,
认真听 又 认真听 情哥 吵闹
认真听吧忧愁哥，

Ndicnyiel dauc ndicnyiel dongz ngih.
认真听 来 认真听 情哥 二
认真听吧情友哥。

Hamhlianz jis qyus eeux,
昨晚 妹 在 仓
昨晚妹在家，

Hamhlianz yux qyus raanz.
昨晚 情妹 在 家
昨晚妹在屋。

Banzhenz lauc mal jaaul ramxmbos,
做梦 酒 来 兑 井水
梦见拿酒兑井水，

Banzhenz los genl oix hauxyaangz,
做梦 得 吃 甘蔗 高粱
梦见得吃高粱秆，

Banzhenz los mal bungz saaulraangz hamhnix.
做梦 得 来 遇 小妹 今晚
今晚见妹如做梦。

Banzhenz lauc mal jaaul ramxmbos,
做梦 酒 来 兑 井水
梦见拿酒兑井水，

Banzhenz los genl oix hauxhongl,
做梦 得 吃 甘蔗 红稗
梦见得吃红稗秆，

Banzhenz los mal bungz saaul mbongl hamhnix.
做梦 得 来 遇 妹 开心 今晚
今晚见妹如做梦。

Fens dongz daans dangcnix,
份 情哥 谈 这样　　情哥这样说，

Daans dangcnix lengc lix fens saaul yiangh mos,
谈 这样 才 有 份 妹 样 新　　这样说妹才有新歌，

Saaul lengc riangzlangl daaus mos.
妹 才 跟后 回 新　　阿妹随后对新歌。

Xabt lengc ndaix gaangc xinl,
遇 才 得 讲 真　　遇见才得讲真话，

Xinl lengc ndaix riangzlangl gaangc manh,
真 才 得 跟后 讲 稳　　得了真话心才定，

Soongl rauz dab xamz maiz bail nac.
两 咱 叠加 玩 好玩 去 前面　　咱俩尽管玩下去。

Ndicnyiel dab ndicnyiel dongz yux,
认真听 来 认真听 妹 情　　认真听吧情妹妹，

Ndicnyiel dauc ndicnyiel dongz ruangh.
认真听 来 认真听 妹 愁　　认真听吧忧愁妹。

Guehxamz dab guehxamz,
玩耍 叠加 玩耍　　玩耍就玩耍，

Guehxamz dumh wal xic lix mbongl,
玩耍 趁 花 紫 有 盛开　　玩耍趁紫花盛开，

Guehxamz dumh wal hongl lix mais.
玩耍 趁 花 红稗 有 红润　　玩在红稗花还红。

Guehxamz dumh beangz sais beangz suc lix ndil,
玩耍 趁 地方 官 地方 地主 有 好　　玩耍趁地方形势好，

Mal rauz wanf jic bil ndeeul goons.
来 咱 玩 几 年 一 先　　我们先来玩几年。

Mengz yanq dab miz yanq mo yux?
你 愿 叠加 不 愿 么 情妹　　你愿不愿意呀妹？

Mengz yanq dauc miz yanq mo ruangh?
你 愿 来 不 愿 么 愁　　　你愿来不愿呀愁？

Yianq xih jimlndanllux nauz soh,
愿 就 金滚珠 说 直　　　愿就说实话，

Yianq xih xoix maixsaaul nauz soh.
愿 就 位 情妹 说 直　　　情妹愿意就直说。

Legmbegt:
女　　　女：

Guehxamz dab guehxamz,
玩耍 又 玩耍　　　玩耍就玩耍，

guehxamz baanc ndeeul goons.
玩耍 批 一 先　　　玩耍要同龄。

Mal rauz heenl jic baanc buxxoz ndeeul goons,
来 咱 隔 几 陪 年轻 一 先　　　要玩就找年轻人，

Heenl jic baaih buxxoz ndeeul xac.
隔 几 边 年轻 一 等　　　咱们要等年轻人。

Gul yianq dab gul yianq lo yux,
我 愿 又 我 愿 咯 情人　　　我愿意呀情哥哥，

Gul yianq dauc gul yianq lo ruangh.
我 愿 又 我 愿 咯 忧愁　　　我愿意呀忧愁哥。

Doc mengz lix benc sel①,
只要 你 有 本 书　　　只要有本事，

Doc mengz lix benc sal,
只要 你 有 本 纸　　　只要有本领，

Doc rauz lix riangzlangl benc saih,
只要 咱 有 跟后 本 事　　　只要有本事加本领，

① benc sel，下句的 benc sal、benc saih，均指本领、本事、能力。

Soongl rauz gvaih guehxamz bail nac.
两 咱 逛 玩耍 去 前
咱俩就可玩下去。

Gul yianq dab gul yianq lo yux,
我 愿 加 我 愿 咯 情哥
我愿意加愿意呀哥，

Gul yianq dauc gul yianq lo ruangh.
我 愿 又 我 愿 咯 愁
我愿意又愿意呀哥。

Guehxamz dab guehxamz,
玩耍 加 玩耍
玩耍又玩耍，

Guehxamz xac roonghndianl os mos.
玩耍 等 月亮 出 新
玩耍等待出新月。

Ndianl os mos lix xaml diec haaic,
月亮 出 新 有 沉 底 海
新月出来会沉海，

Ndianl os mos lix waaic bail jail.
月亮 出 新 有 淌 去 远
新月出来会走远。

Guehxamz doc lumc mail qyus riangh,
玩耍 就 像 线 在 地
玩耍就像线落地，

Mbanl lumc ndaaix xos riangh.
搓 像 麻 放 地
就像搓麻放地上。

Lumc mail bans mac dongz yianq waaix,
像 线 转 要 哥 愿 抓
就像搓线望哥接，

Lumc ndaaix bans mac yux yianq mbanl.
像 麻 转 要 情哥 愿 搓
搓麻也要哥愿搓。

Guehxamz myaec gal ronl nix duanh,
玩耍 别 条 路 这 断
玩耍别让此路断，

Soongl rauz nangh raanz dongz bins laaux.
两 咱 坐 家 情哥 到 大
咱俩一起坐到老。

Mengz bail nyungs buxlaaux mengz xamz,
你 去 杂乱 大人 你 玩
你去违背父母玩，

Gul bail nyungs buxlaaux gul xamz.
我 去 杂乱 大人 我 玩
我也违背父母玩。

Mengz bail nyaaux bohmeeh mengz xamz,
你 去 吵闹 父母 你 玩　　你去吵闹父母玩,

Gul bail nyaaux bohmeeh gul xamz.
我 去 吵闹 父母 我 玩　　我去吵闹父母玩。

Xamz lumc bux xamz sais,
玩 像 人 玩 官　　玩要像官人,

Gvaih lumc bux gvaih sel,
逛 像 人 逛 书　　逛像逛书城,

Gvaih lumc bux gvaih sal,
逛 像 人 逛 纸　　逛像逛书店,

Rauz gvaih leeux riangzlangl gvaih mos.
咱 逛 完 跟后 逛 新　　咱逛一遍又一遍。

Soongl dinl haamc roh jos yieh dianl,
双 脚 跨 外 寨门 也 讲　　咱们出门去也谈,

Soongl dinl os roh mbaanx yieh dianl.
双 脚 出 外 寨子 也 谈　　咱们出寨去也谈。

Soongl dinl haamc hanz xiangz yieh lenh,
双 脚 跨 坎 墙 也 念　　跨过墙脚也在念,

Lenh lumc bux lenh lianz.
念 像 人 念 莲　　念叨像念莲。

Dianl lumc bux lianz wenz dianl rih,
念 像 人 莲 人 念 地　　念像人与莲念地,

Dianl dongz nyih lumc bux diangz daamh haux.
念 情哥 二 像 人 糖 泡 饭　　念哥就像糖泡饭。

Diangz daml haux waanl soh,
糖 泡 饭 香 直　　糖水下饭香单一,

Noh daml haux waanl laail.
肉 泡 饭 香 流　　肉下饭更香。

Xel dangcqyus bail jaiz mengz qvax?
心 咋就 去 爱 你 傻　　咋就爱你那么傻?

Xel dangcqyus bail gvax mengz laail?
心 咋就 去 盘旋 你 多 | 咋就想你那么多?

Laaul ngonz liangh gul daail riangz yux,
怕 天 哪 我 死 跟 情人 | 我怕哪天为你死。

Xel dangcqyus bail jaiz mengz qvax?
心 咋就 去 爱 你 傻 | 咋就爱你那么傻?

Xel dangcqyus bail gvax mengz dol?
心 咋就 去 盘旋 你 多 | 咋就想你那么多?

Laaul ngonz liangh gons hoz riangz yux.
怕 天 哪 断 咽喉 跟 情人 | 怕会为你断了气。

Gul laaul yux nyamc mog[1] la ba,
我 怕 情人 咬 被子 啦 吧 | 怕你咬被子了吧,

Gul laaul yux nyamc mail.
我 怕 情人 咬 线 | 怕你咬了线。

Gul laaul yux aul mail xos mbos,
我 怕 情人 要 线 放 水井 | 怕你拿线放水井,

Laaul dongz doh aul mail xos rongc.
怕 情哥 都 要 线 放 洞 | 拿线丢下无底洞。

Mail xos rongc xih mengz aul os,
线 放 洞 就 你 要 出 | 线放洞里你拿出,

Mail xos mbos xih mengz aul qyaux.
线 放 井 就 你 要 收藏 | 线放井了你拿藏。

Gul daail jimlndanllux ndaix saih,
我 死 金滚珠 得 官司 | 我死你就惹官司,

Laaul daail xoix bausdongz ndaix saih.
怕 死 个 情人 得 官司 | 死了情哥挨官司。

Ndaix saih nis saih laaux xos ndaangl,
得 事 小 事 大 放 身体 | 大小官司落身上,

① nyamc mog, nyamc mail,传统的巫术活动用语。

Fens legyux ndaix byaangz laauzlih.
份 情人 得 谣言 私利
情哥私下有谣言。

Bausdongz nyih ndaix byaangz rabreemx.
情哥 二 得 谣言 隐约
情哥隐约有谣言。

Byaangz rabreemx miz wenz laez dongs,
谣言 隐约 没 人 哪 松开
隐约谣言没人松，

Byaangz laauzlih miz wenz laez jeec.
谣言 私下 没 人 哪 解
私下谣言没人解。

Fens saaul daans yianghnix,
份 妹 谈 这样
情妹说这些，

Daans yianghnix lengc lix fens dongz yiangh mos,
谈 这样 才 有 份 哥 样 新
说这些情哥才有答，

Fens dongz lix riangzlangl daaus mos.
份 哥 有 跟后 回 新
情哥随后有歌对。

Legsaail:
男
男：

Mengz laaul saih nis saih laaux qyus ndaangl,
你 怕 事 小 事 大 在 身
你怕大小官司在身，

Fens dongz ndaix byaangz laauzlih.
份 情哥 得 谣言 私下
情哥私下有谣言。

Fens dongz nyih ndaix byaangz rabreemx ni me?
份 情哥 二 得 谣言 隐约 是 吗
说哥隐约有谣言是吗？

Byaangz rabreemx miz wenz laez dongs,
谣言 隐约 没 人 哪 松
隐约谣言没人松，

Byaangz laauzlih miz wenz laez jeec ni me?
谣言 私下 没 人 哪 解 是 吗
私下谣言没人解是吗？

Byaangz rabreemx xih dongz bail dongs,
谣言 隐约 就 情哥 去 松
隐约谣言哥去松，

Byaangz laauzlih xih dongz bail jeec.
谣言　隐约　就　情哥　去　解　　私下谣言哥去解。

Mengz myaec ndiabt yis laail yux,
你　别　想　担心　多　亲　　你就别担心吧妹，

Mengz myaec ndiabt hoc laail menl.
你　别　想　穷　多　妹　　你就别操心吧妹。

Lix dal jis miz laaul,
有　眼　友　不　怕　　有情哥别怕，

Qyus dal yux miz laaul.
在　眼　情人　不　怕　　有情友别怕。

Lix dal xoix dongzsaanl miz ruangh,
有　眼　个　情哥　不　愁　　有个情哥不担心，

Lix dal mianh dongzsaanl miz daic.
有　眼　面　情哥　不　哭　　有个情人不哭泣。

Banz saml genl maswaanc[1],
成　心　吃　榕果　　放心吃榕籽，

Banz daamc genl maswaaul.
成　胆　吃　青果　　有胆吃青果。

Rauz miz laaul lingh lingh,
咱　不　怕　一点都不　　咱们一点都不怕，

Miz laaul bux gec maz lingh lingh.
不　怕　个　哪　啥　一点都不　　什么人都不用怕。

Soongl rauz xamz dings xamz,
两　咱　玩　定　玩　　咱俩决定玩，

Xamz bail gol faixlux baangx dah,
玩　去　棵　柳树　旁　河　　玩到河边柳树下，

---

① maswaanc，榕果；下句的 maswaaul，青果，布依族地区古代的两种水果名，实指什么水果不详。

Xamz bail ruc riangz yiangl baangx dah.
玩 去 须 和 香 旁 河 玩到河边草地上。

Xamz byians mas byians manc hanz xiangz,
玩 变 果 变 李 坎 墙 玩像那个墙边果，

Xamz buxyux ndanlbeangz rauz goons,
玩 情人 地方 咱 先 咱们要玩本地人，

Rauz xamz xac saaul ruangh ndanl beangz.
咱 玩 等 妹 愁 地方 咱等本地妹来玩。

Guehxamz dab guehxamz,
玩要 加 玩要 玩要加玩要，

Xamz gal dah riangz rauz lac mbaanx.
玩 条 河 跟 咱 下 寨 玩像寨脚那条河。

Xamz gal dah ndeeul dungl dinllail,
玩 条 河 一 拦 台阶 玩到有河拦阶下，

Xamz xac yux bail gvaanl lengc ies,
玩 等 情妹 去 丈夫 才 过 玩到情妹去成家，

Xac saaul ruangh bail gvaanl lengc dangx.
等 情妹 愁 去 夫 才 停 等妹去夫家才停。

Fens dongz daans yianghnix,
份 情哥 谈 这样 情哥这样说，

Daans yianghnix lengc lix fens saaul yiangh mos,
谈 这样 才 有 份 妹 样 新 这样说妹才有歌，

Fens saaul lix riangzlangl daaus mos.
份 情妹 有 跟后 回 新 情妹才会对新歌。

Legmbegt:
女

女:

Fens dongz daans yianghnix,
份 情哥 谈 这样
情哥这样说,

Daans yianghnix lengc lix fens saaul yiangh mos me?
谈 这样 才 有 份 妹 样 新 吗
这样说妹才有新歌吗?

Fens saaul lix riangzlangl daaus mos,
份 情妹 有 跟后 回 新
情妹才会对新歌,

Xamz xac yux bail gvaanl lengc ies,
玩 等 情妹 去 丈夫 才 过
玩到情妹去成家,

Xac saaul ruangh bail gvaanl lengc dangx ni me?
等 情妹 忧愁 去 夫 才 停 是 吗
等妹去夫家才停是吗?

Jis xih miz lix eeux,
友 是 没 有 仓
你友没成家,

Yux xih miz lix gvaanl.
情人 是 没 有 夫
情妹没丈夫。

Gul benc ndunl rizraangc[1] nix naaus,
我 本 站 僵硬 这 永远
我本永远单站立,

Gul benc dangc rizraul nix naaus.
我 本 立 如枫 这 永远
我本永远站如枫。

Ndunl byas gvaauc daanh mail xac yux,
站 顶 峭壁 弹 线 等 情人
站在峭壁弹线等情人,

Gul benc ndunl rizraangc xac beangs,
我 本 站 僵硬 等 单身
我本站着等单身,

Gul benc dangc rizraul xac beangs.
我 本 立 如枫 等 单身
我本永远站如枫。

Ndunl jaangl biangh daanh mail xac yux,
站 中 坪 弹 线 等 情人
站在坪中弹线等情人,

① rizraangc,下句的 rizraul,布依语中的古状词,语义不详。

Xac gec jimlndanllux mal waanh[1],
等 那 金滚珠 来 换
等那情友哥来换，

Xac gec bux dongz gvaail mal waanh,
等 那 个 情哥 聪明 来 换
等那聪明哥来换，

Xac gec mianh dongzsaanl mal yungx[2].
等 那 面 情人 来 容
等那情哥哥来容。

Duc mengz dab duc mengz lo yux,
赌 你 又 赌 你 咯 情哥
打赌又打赌呀情哥，

Duc mengz byaaic dangz eeux,
赌 你 走 到 仓
赌你走到家，

Duc mengz byaaic dangz raanz.
赌 你 走 到 家
赌你走到屋。

Bix miz aangs saaul aangs,
嫂 不 笑 情妹 高兴
嫂不高兴妹高兴，

Bix miz reeul saaul reeul.
嫂 不 笑 情妹 笑
嫂子不笑情妹笑。

Myaec gec xoix dongz jiml daaus laangs,
别 那 个 情哥 金 回 空
不让情哥空手回，

Myaec gec xoix dongzsaanl daaus laangs,
别 那 个 情哥 回 空
不让情友空手回，

Myaec gec myianh dongzsaanl daaus ndax.
别 那 面 情哥 回 闲
不让情哥空闲回。

Legsaail:
男
男：

Dazraaix xinl laez fih?
真的 是 了 没
说真话了没？

---

① waanh，指买卖婚姻，借指结婚。

② yungx，容，指父母之命、媒妁之言促成的婚姻，借指结婚。

Xinl dazraaix haec dongz laez fih?
是　真的　给　情哥　了　没　　　　是说真话给哥了没?

Dazraaix xinl lengc laaih,
真的　是　才　讲　　　　真心话才讲,

Daaih dazraaix lengc nauz.
是　真的　才　说　　　　是真话才说。

Mengz myaec gaangc basmaauz haec jis,
你　别　讲　假话　给　友　　　　你别讲假话骗朋友,

Mengz myaec yih basmaauz haec yux.
你　别　解　假话　给　情人　　　　你别说假话骗情哥。

Gul haz haec deeuz ronl nix laaux,
我　要　给　条　路　这　大　　　　我要让此路变大,

Gul haz xaaux deeuz ronl nix gvaangs,
我　要　造　条　路　这　宽　　　　我要把此路扩宽,

Laangh bail doc dinl xiangz.
宽　去　撞　脚　墙　　　　宽到抵墙脚。

Gul rox oix riangz diangz dangz may,
我　会　甘蔗　跟　糖　到　妈　　　　我会带蔗和糖送妈,

Diangz ndanl jeex dangz may.
糖　个　集市　到　妈　　　　集市糖送妈。

Qyams miz gah qyams raanz yux,
拜访　不　只　拜访　家　情友　　　　不只拜访情人家,

Qyams miz gah qyams raanz saaul.
拜访　不　只　拜访　家　情妹　　　　不只拜访情妹家。

Qyams leeux wac bausaaul gueh doh,
拜访　全　片　家族　做　全部　　　　拜访情妹全家族,

Qyams leeux roh raanz mengz gueh leeux.
拜访　全　部　家　你　做　全　　　　拜访情妹全房族。

Miz yianq dab miz yianq mo yux?
不　愿　又　不　愿　么　情人　　　　愿意不愿意呀妹?

Miz yianq dauc miz yianq mo ruangh?
不 愿 来 不 愿 么 亲　　愿意不愿意呀亲?

Fens dongz daans yianghnix,
份 情哥 谈 这样　　情哥这样说,

Daans yianghnix lengc lix fens saaul yiangh mos,
谈 这样 才 有 份 妹 样 新　　这样说妹才有新歌,

Fens saaul lix riangzlangl daaus mos.
份 情妹 有 跟后 回 新　　情妹才会对新歌。

Legmbegt:
女　　女:

Mengz yianq qyams raanz yux,
你 愿 拜访 家 情人　　你愿拜情妹家,

Mengz yianq qyams raanz yaangz.
你 愿 拜访 家 妹　　你愿访情妹家。

Qyams leeux wac bausaaul gueh doh,
拜访 全 片 家族 做 全部　　拜访全部家族,

Qyams leeux roh bausaaul gueh leeux ni me?
拜访 全 部 家族 做 全 是 吗　　拜访整个家族是吗?

Doc mengz mal lo yux,
只要 你 来 咯 亲　　只要你来吧亲,

Doc mengz byaaic lo yaangz.
只要 你 走 咯 情友　　只要你走吧友。

Gul yianq byaaic dangz raanz dongz ngih,
我 愿 走 到 家 情哥 二　　我愿走到情哥家,

Gul yianq waangl gueh maix dongz ngih.
我 愿 拐 做 妻 情哥 二　　我愿拐去做你妻。

Doc mengz xeec ndanlxel mengz lings,
只 你 舍 心 你 随　　只要你心舍得随,

Doc mengz xeec deeuzmingh mengz riangz.
只 你 舍 命 你 跟
只要舍得命来跟。

Mengz riangz jimlndanllux gueh guh,
你 跟 金滚珠 做 双
你跟情妹妹成双，

Mengz riangz xoix maixsaaul gueh guh.
你 跟 位 情妹 成 双
你就跟情妹成双，

Saaul xonz benc daans yianghnix,
情妹 句 本 谈 这样
情妹话就这样说，

Haaus benc gaangc yianghdeel.
话 本 讲 那样
话就那样说。

Is gec jis bail dangz eeux,
如 朋友 去 到 仓
要是情妹去到家，

Is gec yux bail dangz raanz.
如 那 情人 去 到 屋
要是情人走到屋。

Henc mbagtlail bail damc mbagtlail,
上 台阶 去 顶 台阶
登上台阶走到顶，

Henc mbagtlail bail damc baaihroh,
上 台阶 去 顶 外面
走过台阶到中堂，

Bail dangz boh miz raiz gueh baex.
去 到 父 不 喊 做 儿媳
到了爹不叫儿媳。

Henc mbagtlail bail damc mbagtlail,
上 台阶 去 顶 台阶
登上台阶走到顶，

Henc mbagtlail bail damc gongzjas,
上 台阶 去 顶 炕架
走过台阶到厨房，

Laaul dangz may miz raiz gueh baex.
怕 到 妈 不 喊 做 儿媳
怕你妈不喊做媳。

Laaul bix laaux miz raiz gueh jis,
怕 哥 大 不 喊 做 弟媳
怕你哥不喊弟媳，

Laaul nuangx nis miz raiz gueh saoj.
怕 弟 小 不 喊 做 嫂
怕小弟不喊做嫂。

Ngonzdeel jimlndanllux daaus ruangh,
那天　金滚珠　又　愁

到时情妹就难过，

Ngonzdeel xoix maixsaaul daaus ruangh,
那天　个　情妹　又　愁

到时情妹就忧愁，

Ngonzdeel mianh maixsaaul daaus daic.
那天　面　情妹　又　哭

到时情妹又要哭。

Fens saaul daans yianghnix.
份　妹　谈　这样

情妹说这些。

Daans yianghnix lengc lix fens dongz yiangh mos,
谈　这样　才　有　份　哥　样　新

说这些才会有新歌，

Fens dongz lix riangzlangl daaus mos.
份　哥　有　跟后　回　新

情哥随后有新歌。

Legsaail:
男

男：

Ndicnyiel dab ndicnyiel saaul nyaaux,
倾听　又　倾听　情妹　吵闹

请你听吧情妹妹，

Ndicnyiel dauc ndicnyiel saaul ngih.
倾听　来　倾听　情妹　二

情妹妹呀请你听。

Meeh dongz soongl ngonz laaux,
妈　情哥　二　天　大

情哥妈妈两天老，

Meeh dongz saaml ngonz laaux.
妈　情哥　三　天　大

情哥妈妈三天老。

Meeh dongz riuc dongc mul yieh naais,
妈　情哥　提　桶　猪　也　累

哥妈提潲桶也累，

Meeh dongz rungl haux fex yieh naais.
妈　情哥　煮　饭　顿　也　累

哥妈煮饭也会累。

Riuc daangswaais luzlangx[①] jaangl fengz,
提 纱架 无措 中 手

手拿纱架也无措，

Haec gec jimlndanllux saec may,
给 个 金滚珠 服侍 妈

要情妹去服侍妈，

Haec gec xoix maixsaaul saec may.
给 个 那 情妹 服侍 妈

想情妹去服侍妈。

Mic jianhyis laez yux,
别 担心 哪 情友

别担心吧妹，

Mic jianhyis laez menl.
别 担心 哪 妹

别担心吧友。

Duc mengz byaaic dangz raanz dohdoh[②],
只要 你 走 到 家 独独

只要你能到我家，

Duc mengz waangl dangz eeux dohdoh.
只要 你 拐 到 仓 独独

只要你能到我屋。

Fens dongz daans yianghnix,
份 情哥 谈 这样

情哥说这些，

Daans yianghnix lengc lix fens saaul yiangh mos,
谈 这样 才 有 份 哥 样 新

说这些妹才有新歌，

Fens saaul lix riangzlangl daaus mos.
份 情妹 有 跟后 回 新

情妹随后有新歌。

Legmbegt:
女

女：

Meeh dongz soongl ngonz laaux,
妈 情哥 两 天 大

哥妈两天老，

Meeh dongz saaml ngonz laaux.
妈 情哥 三 天 大

哥妈三天老。

---

① luzlangx，晕头转向或稀里糊涂。
② doh，独，单独。

Meeh dongz riuc dongc mul ye naais,
妈 情哥 提 桶 猪 也 累
哥妈提潲桶也累，

Meeh dongz rungl haux fex ye naais ni me?
妈 情哥 煮饭 也 累 是 吗
哥妈煮饭也累是吗？

Riuc daangswaais luzlangx jaangl fengz,
提 纱架 失神 中 手
手拿纱架也失神，

Haec gec jimlndanllux saec may ni ma?
给 那 金滚珠 服侍 妈 是 吗
让情妹去服侍妈是吗？

Haec gec xoix maixsaaul saec may.
给 那 个 情妹 服侍 妈
让情妹服侍妈。

Haec gueh xizxagt lac ringc,
给 做 侍女 下 碗架
让做碗架下侍女，

Haec gueh xizxingc baaih ndael.
给 做 侍者 面 内
让做家中的侍者。

Haec gul saec xazsael haec may,
给 我 服侍 茶清 给 妈
让我给妈递清茶，

Aul xazxamx haec may.
要 凉茶 给 妈
要凉茶给妈。

Xax haec jis bail dangz eeux,
要是 给 情人 去 到 仓
要是情妹走到家，

Xax haec yux bail dangz raanz.
要是 给 情友 去 到 屋
要是情人走到屋。

Gul yianq saec xazsael haec may,
我 愿 服侍 清茶 给 妈
我愿敬清茶给妈，

Aul xazxamx haec may.
要 凉茶 给 妈
递凉茶给妈。

Gul yianq gueh xizxagt lac ringc,
我 愿 做 侍女 下 碗架
愿做碗架下侍女，

Gul yianq gueh xizxingc lac yiz.
我 愿 做 侍者 下 炕
愿做炕下的侍者。

Gul yianq saec xazndil haec may,
我 愿 递 茶好 给 妈 我愿递好茶给妈,

Aul xazxamx haec may.
要 凉茶 给 妈 递凉茶给妈。

Fens saaul daans yianghnix,
份 情妹 谈 这样 情妹说这些,

Daans yiangh lengc lix fens dongz daaus mos,
谈 样 才 有 份 情哥 回 新 说这些哥才有答,

Fens dongz lix riangzlangl daaus mos.
份 情哥 有 跟后 回 新 情哥随后有新歌。

Legsaail:
男 男:

Ndicnyiel dab ndicnyiel saaul nyaaux,
倾听 又 倾听 情妹 吵闹 认真听吧情妹妹,

Ndicnyiel dauc ndicnyiel saaul ngih.
倾听 再 倾听 情妹 二 再认真听吧情妹。

lix xonz weanl rauz gaangc doc ngaaih,
有 句 歌 咱 讲 都 容易 有歌要唱都容易,

Lix xonz gaangc haz nauz doc ngaaih.
有 句 讲 要 说 都 容易 有话要讲都容易。

Laaul soongl saaml baaih buxlaaux miz ingl,
怕 二 三 边 大人 不 靠 怕几方老人不依,

Soongl saaml baaih buxbingl miz haec.
二 三 边 官兵 不 给 怕几方官兵不允。

Laaul soongl saaml baaih buxlaaux miz haanl,
怕 二 三 面 大人 不 答 怕几方大人不答,

Soongl saaml baaih buxgvaangl miz haec.
二 三 面 少爷 不 给 怕几方少爷不给。

Jaiz gueh guh ye weac miz xunl,
爱 做 双 也 云 不 顺 　　想要成双云不顺,

Jaiz gueh guh ye mbenl miz haec.
爱 做 对 也 天 不 给 　　想成对又天不允。

Weac miz xunl xih gaanh,
云 不 顺 就 无法 　　云不顺就难,

Mbenl miz xux haec rauz xih gaanh,
天 不 接 给 咱 就 无法 　　天不允咱就难,

Soongl rauz saans miz banz xaaux eeux.
二 咱 散 不 成 造 仓 　　咱俩分散不成家。

Weac miz xunl xih nyees,
云 不 顺 就 输 　　云不顺就输,

Mbenl miz xux soongl rauz xih nyees,
天 不 接 二 咱 就 输 　　天不允咱俩就输,

Soongl rauz leeh miz banz xaaux eeux.
二 咱 选 不 成 造 仓 　　咱俩分开不成家。

Weac miz xunl ye gaanh,
云 不 顺 也 输 　　云不顺也输,

Mbenl miz xux soongl rauz ye gaanh.
天 不 允 二 咱 也 输 　　天不允许咱也输。

Miz laaul dab miz laaul lo yux,
不 怕 又 不 怕 咯 情友 　　不怕又不怕呀亲,

Miz laaul dauc miz laaul lo ruangh.
不 怕 来 不 怕 咯 友 　　不怕又不怕呀友。

Is soongl rauz ndaix soongl rauz,
要是 二 咱 得 二 咱 　　要是咱俩能成双,

Soongl rauz ndaix soongl rauz,
二 咱 得 二 咱 　　咱俩得咱俩,

Dongz ye degt rinlbyal gueh loongc,
情哥 也 挖 青石 做 舂 　　情哥凿壁石做碓,

Dongz ye xoongc rinlbyal gueh doih.
情哥 也 凿 青石 做 碓
情哥也凿壁岩做碓。

Haux miz loih gah haaul,
谷子 不 舂 自然 白
谷不舂自白，

Miz loih haux gah haaul.
不 舂 谷子 自 白
不舂米自白。

Daail doc myaec maixsaaul ndiangssas,
死 都 别 情妹 舂碓
到死不让妹舂碓，

Miz hogtlah maixsaaul aul ramx.
不 指使 情妹 挑 水
不拉情妹去挑水。

Dongz ndiangssas aul saaul riuc ndongx,
情哥 舂碓 要 妹 提 箕
哥舂碓来妹提箕，

Dongz raabt ramx aul saaul riuc mbees.
情哥 挑 水 要 情妹 提 瓢
情哥挑水妹提瓢。

Dagt dees xux ramx genl,
舀 盛 接 水 吃
舀水接水喝，

Gueh wenz haec saauz wenz laail feax neenh,
做 人 给 代 人 多 别人 瞧
做人给同龄人看。

Is soongl rauz ndaix soongl rauz,
要是 二 咱 得 二 咱
要是咱俩能成双，

Soongl rauz ndaix soongl rauz.
二 咱 得 二 咱
咱俩能成对。

Ndaail naz miz aul dengx,
薅 秧 不 要 棍
薅秧不拄棍，

Naaih dungz xungl naaih ndaail,
慢 相互 牵手 慢 薅
牵手慢慢薅，

Hoongl miz lix jic laail laez rauh.
活 没有 几 多 哪 些
活路不觉那么多。

Is soongl rauz ndaix soongl rauz,
要是 二 咱 得 二 咱
要是咱俩能成双，

Soongl rauz ndaix soongl rauz.
二 咱 得 二 咱
咱俩能成对。

Ndal raanz dangc genz rinl ye manh,
造 家 立 上 石 也 稳
在石上建房稳当，

Ingl genz raanx gueh raanz ye manh,
靠 上 石板 做 家 也 稳
依石板建房牢靠，

Soongl rauz xamh raanz genl lengc wenj.
二 咱 共 家 吃 才 稳
咱俩同居才会稳。

Xonz dac daans yianghnix,
句 就 谈 这样
话虽这么说，

Haaus dac gaangc yianghdeel.
话 就 讲 那样
话本那样讲。

Raanz dongz hoc jic jas,
家 情哥 穷 几 次
哥家穷几次，

Ximl ndanlgas miz lix doix honglraangl,
看 罐里 没 有 碗 炒稗
罐里没一碗炒稗，

Ximl ndanlgaangl miz lix doix honglmenh.
看 坛内 没 有 碗 稗面
罐内没一碗稗面。

Maixsaaul xinh miz qyus genl maz yux,
情妹 聪明 没 有 吃 啥 情人
聪明妹没啥吃呀亲，

Ngonzdeel jimlndanllux daaus daaus,
那天 金滚珠 又 回
到时情妹又回去，

Ngonzdeel xoix maixsaaul daaus daaus.
那天 位 情妹 又 回
那时情妹又回家。

Ngonzdeel jimlndanllux daaus ruangh,
那天 金滚珠 又 愁
那时情人又忧愁，

Ngonzdeel xoix bausdongz daaus ruangh,
那天 位 情哥 又 愁
那时情哥又忧愁，

Ngonzdeel myianh bausdongz daaus daic.
那天 面 情哥 又 哭
那时情哥又要哭。

Legmbegt:

女　　　　女:

Miz deengl xonz deel soonl,
不　是　句　那　教
不是那样教,

Miz deengl haaus lianz xuex deel nauz.
不　是　话　连　谈　那　说
不是那样讲和说。

Mal gul gaangc mengz nyiel dongz xinh,
来　我　讲　你　听　情哥　聪明
来我讲你听情哥,

Mal gul lenh mengz nyiel dongz nyaaux.
来　我　谈　你　听　情哥　吵闹
来我说你听情友。

Jiangz miz qyus bagt saux,
三角架　没　有　插　火磡
没火架就搭火墩,

Haux miz lix nangh ndoil,
米　没　有　坐　空
没米就干坐。

Doc ndaix nangh yixyoiz[①] reegtjaec,
只要　得　坐　傻傻的　身边
只要呆坐你身边,

Ximl ndaelgas miz doix honglraangl,
看　罐内　没　碗　炒稗
罐内炒稗没一碗,

Ximl ndaelgaangl miz doix honglmenh,
看　坛内　没　碗　稗面
罐内稗面没一碗,

Maixsaaul xinh miz genl gah mac,
情妹　清醒　不　吃　自己　长
情妹不吃都会长,

Maixsaaul xinh miz nyamc gah jaul.
情妹　清醒　不　嚼　自己　活
情妹不吃也会活。

Aul ndaix xih xeeuh wenz miz ruangh,
要　得　就　辈　人　不　愁
得到哥就不会愁,

① yixyoiz,长时间忧愁而变得软弱无力的样子。

Rauz xih dingh xaauxraanz ixqyaaux.
咱 就 定 成家 持续(状词) 咱就放心去成家。

Doc mengz xeec ndanlsaml mengz lings,
只要 你 舍 心 你 斜 只要你舍得那个心,

Doc mengz xeec deeuzmingh mengz riangz.
只要 你 舍 命 你 跟 只要你舍得那条命。

Bausdongz daausbail eeux,
情哥 回去 仓 情哥回到家,

Legyux daausbail raanz.
情友 回去 家 情友回到屋。

Bail raanz dac josis xac beangs,
去 家 打 主意 等 单身 回家筹备等单身,

Bail raanz suans josis xac yux.
去 家 算 主意 等 情人 回家筹备等情人。

Bail riangz boh riangz bix dungxaanl,
去 跟 父 跟 兄 商量 去与父兄同商量,

Mac ndaix xoix saaulraangz① miz duanh,
要 得 位 嫩妹 不 断 一定要得那情妹,

Mac ndaix mianh saaulraangz lengc banz.
要 得 面 嫩妹 才 好 要得情妹才是好。

Bausdongz haz daausbail eeux,
情哥 要 回去 仓 情哥要回家,

Bausdongz haz daausbail raanz.
情哥 要 回去 屋 情哥要回屋。

Bail riangz boh riangz bix dungxaanl ni me?
去 跟 父 跟 兄 商量 是 吗 去与父兄同商量是吗?

Bail riangz bix ndael raanz dungxsuans ni me?
去 跟 兄 内 家 打算 是 吗 去与家兄同商量是吗?

① saaulraangz,raangz,竹笋式的妹,竹笋,译为嫩妹,均指年龄小。

Xac xeenz boh moc xix,
等 钱 父 就 没指望 | 等父亲有钱已晚，

Xac xeenz bix moc naanz.
等 钱 兄 就 久 | 等兄长有钱太久。

Mal saaul henc dul raanz mengz goons,
来 情妹 登 门 家 你 先 | 请让情妹先进门，

Waangl dul eeux mengz goons,
拐 门 仓 你 先 | 情妹先进你家门，

Xeenz qyabqyoons[①] mal langl naaih haec.
钱 参差 来 后 慢 给 | 钱可推迟后面给。

Rauz banz danc lengc waanz goy ngih,
咱 成 穿 才 还 哥 二 | 咱有穿才还二哥，

Rauz banz raanz lengc haec goy ngih,
咱 成 家 才 给 哥 二 | 咱成家才还二哥，

Rauz banz guh lengc waanz buxlaaux.
咱 成 双 才 还 大人 | 咱成双才还老人。

Mal saaul lenh mengz nyiel dongz nyaaux,
来 妹 论 你 听 情哥 吵闹 | 让妹说来给哥听，

Haec jis byaaic ba yux,
给 友 走 吧 情友 | 让妹去吧亲，

Haec yux byaaic ba menl.
给 情友 走 吧 情人 | 让妹去吧友。

Xaauxeeux miz laaul naanz,
成家 不 怕 久 | 成家不怕晚，

Xaauxraanz miz laaul loodt,
成家 不 怕 迟 | 成家不怕迟，

Miz laaul loodt jings loodt.
不 怕 迟 又 迟 | 不怕迟又迟。

---

① qyabqyoons，参差不齐，意指“推迟”。

Eeux naaih saanl naaih dih,
仓 慢 编 慢 密　　仓慢编慢密，

Raanz naaih xaaux naaih dih,
家 慢 造 慢 密　　家慢建慢好，

Eeux naaih xis naaih banz.
仓 慢 造 慢 成　　家慢建慢成。

Xaauxraanz hanl maz rauh,
成家 快 咋 般　　成家别太快，

Mal rauz xaaux xamz maiz ndeeul goons,
来 咱 造 好玩 一 先　　让咱们先玩耍，

Heenl jic baanc buxxoz ndeeul goons.
隔 几 般 年轻人 一 先　　趁年轻时玩耍。

Guehxamz dab guehxamz,
玩耍 又 玩耍　　玩耍加玩耍，

Xamz bail gol liangzlux baangx dah,
玩 去 棵 柳树 旁 河　　玩到河边柳树下，

Xamz bail ruc xamz yiangl baangx dah,
玩 去 须 玩 香 旁 河　　玩到河边香火旁，

Xamz beeh mas beeh manc hanz xiangz,
玩 那 果 那 李 坎 墙　　玩像墙上果和李。

Xamz legyux ndanlbeangz ndeeul goons,
玩 情友 地方 一 先　　先来玩个本地人，

Xamz dongzruangh ndanlbeangz rauz xac.
玩 情哥 地方 咱 等　　先来玩个本地友。

Fens legyux aul dongz gueh manh,
份 情友 要 情哥 做 稳　　情妹有哥心才定，

Fens yuxngih aul dongz gueh wenj.
份 情人 要 情哥 做 稳　　情妹得哥心才稳。

Yianq miz yianq mo yux?
愿 不 愿 呀 情人　　愿不愿呀哥？

Yianq xih jimlndanllux nauz soh,
愿 就 金滚珠 说 直
妹愿意就直说，

Yianq xih xoix dongz meanl nauz soh.
愿 就 位 情哥 诚实 说 直
情妹愿意就实说。

Aul legyux gueh xinl,
要 情友 做 真
把哥当着真，

Aul dongznyaaux dungx ingl gonsrih.
要 情哥 同 靠 地桩
要情哥一起种地。

Dez bail jis gonsgaangz,
拿 去 寄 夜蒿桩
寄妹给蒿桩，

Dez legyux bail xeel jaangl dah,
拿 情友 去 丢 中 河
拿情妹去丢河中，

Jaangl dah lix legyux ganl waail,
中 河 儿 情友 拦 坝
河中有哥修水坝，

Haec daail ndael hongz miz leeuh,
给 死 内 潭 不 游
让妹死潭中不救，

Fuz basramx miz leeuh.
漂 水面 不 游
让妹漂水面不救。

Ngonzdeel jimlndanllux leeux mingh,
那天 金滚珠 完 命
那天情妹就丢命，

Ngonzdeel xoix maixsaaul leeux mingh.
那天 位 情妹 完 命
那天情妹丢性命。

Mengz gueh yueh gul ndoil miz xux,
你 （做） 哄 我 空 不 接
你若哄我就不行，

Mengz gueh yueh legyux miz il.
你 （做） 哄 儿情 不 依
你哄情妹就不依。

Mac mengz xinl dazraaix lengc laaih,
要 你 信 真的 才 以为
要你真心才讲来，

Mac mengz daaih dazraaix lengc nauz,
要 你 是 真正的 才 说
要你真情才说来，

Mengz myaec gaangc bahmaauz haec jis,
你 别 讲 假话 给 友
别讲假话给情妹，

Mengz myaec haaus bahmaauz haec yux.
你 别 话 假话 给 情友
别说假话给情人。

Ndiabt lumc beanl legyux,
想 像 份 情友
想如情妹想，

Daauc lumc beanl saaul ngih.
倒 像 份 妹 二
倾如情妹倾。

Lix lieh lac mbael gveel,
有 传说 下 叶 丝瓜
瓜叶下说好，

Ndanlxel xeel dongzsaanl miz qyus,
心 丢 情哥 不 有
把心丢给哥，

Banz gus lumc yux xih miz.
成 时 像 情友 就 不
没有情哥那情形。

Rauz dungxdeel gaangc ndil miz leeux,
咱 相互 讲 好 不 完
相好话儿说不完，

Lumc mbaelbyagt bail reeux mbaelmungz.
像 菜叶 去 杂 芋荷叶
就像菜叶掺荷叶。

Miz riml mbael mal xoh,
不 满 叶 来 对面
对面不满叶，

Aul macneedt gueh xauz.
要求 紧密 做 晚饭
紧密做晚饭。

Miz qyamlqyengx maixsaaul lengc needt,
不 隐瞒 情妹 才 紧
没有隐瞒才贴紧，

Mengz myaec gaangc luzleedt xos xel.
你 别 讲 闪烁 放 心
内心有话别躲闪。

Mengz mac dez xel gul xinh,
你 要 拿 心 我 清醒
你的内心要清醒，

Xonz bas nyans aul gec xos saml.
句 口 斥责 要 藏 放 心
生气话语藏心中。

Bausdongz lix bux langl miz waanh,
情哥 有 人 后 别 换 哥有新友不要换，

Ranl bux nac miz waanh,
见 人 前面 别 换 见新人不换，

Mengz ranl baangh laez ndil miz yungx.
你 见 帮 哪 好 别 容 你见好人不要留。

Xaznauz jis haz doc,
如果 友 要 踢 如果情哥要丢弃，

Xaznauz yux haz xeel.
如果 情友 要 丢 如果情哥要丢。

Rauz bail dah aul rinl dab moc,
咱 去 河 要 石 砌 堆 咱要河石砌成堆，

Bail basmbos aul ngox saanl jeeus.
去 水井 要 绿竹 编 提篮 去井边要竹编篮。

Soongl rauz henc bail leeul dungx nangh,
二 咱 上 去 笆茅 同 坐 咱上茅坡去相谈，

Soongl rauz nangh ngonz ndeeul lengc doc.
二 咱 坐 天 一 才 踢 咱坐一天才分离。

Gul mac doc dungx daanl yianghliangh,
我 要 得 相 谈 某样 我要谈某样东西，

Gul mac xaaml dongz xex yianghliangh.
我 要 讨 情哥 买 某样 要哥交换些东西。

Mac ndaix yiangh ndeeul gaml lengc lamc,
要 得 样 一 拿 才 专 要拿东西才专心，

Mac ndaix yiangh ndeeul jiamc lengc jaul.
要 得 样 一 珍藏 才 活 要得东西才专一。

Aul dungx ndaix saailhoz lengc roih,
要 同 得 喉咙 才 消 要得成双才解气，

Deg wenz jis xih jiz miz ndaix.
遭 人 寄 就 值 不 得 遭人嫌弃不值得。

Legsaail:
男　　　　　　　　　　　　　　　男：

Nac[1] faangz nac lumc yux,
每　个　每　像　情人　　　　　个个都像我，

Nac bux nac lumc dongz.
每　个　每　像　情哥　　　　　个个像情哥。

Xinl dazraaix lengc maaih,
信　真的　才　卖　　　　　真想才讲爱，

Ngaail dazraaix lengc nauz.
爱　真的　才　说　　　　　真爱了才说。

Gul miz gaangc basmaauz haec jis,
我　不　讲　假话　给　友　　　　　不讲假话给情友，

Gul miz haaus basmaauz haec yux.
我　不　话　假话　给　情人　　　　　不说假话给情人。

Doc mac yux xeec xinl,
只　要　情人　舍　真　　　　　只要情妹舍得信，

Doc mac xoix maixsaaul xeec mingh.
只　要　位　情妹　舍　命　　　　　只要情妹舍得命。

Saaul miz goodt nyalwadt,
情妹　不　抱　鬼针果　　　　　妹别抱刺草，

Dongz dez fad dauc hah.
情哥　拿　翅　来　护　　　　　哥拿翅来保。

Saaul miz goodt nyalas,
情妹　不　抱　野草　　　　　妹别抱野草，

Dongz benc hah bail jiml dahlac[2].
情哥　本　护　去　金　河下　　　　　情哥要去护情妹。

---

① nac，原义为脸，这里是"每"的意思。
② jiml dahlac，河下游的金子，实指情友、情人。

Dongz benc hah faixdaangc xos fiz,
情哥 本 护 刺楸 放 火

哥要护刺楸烧火，

Dongz benc hah wenz ndil dais xaux.
情哥 本 护 人 好 从 早

情哥早就护好人。

Hah ndongl deg feax ndaix,
护 林 被 别人 得

护林被人得，

Hah faix deg feax fanz.
护 树 被 人 砍

护树被人砍。

Gul deg manc deg hamz feax laangs,
我 受 气 受 恨 别人 空

我得辛苦还受恨，

Miz gueh daangh laez aul saaul ndaix.
不 做 藤 哪 要 情妹 得

不知如何得到你。

Beaz haec bol lac mbaanx dis nah,
白 给 坡 下 寨 替 獭

白在坡脚帮水獭，

Beaz haec may lac langx dis yuz.
白 给 妈 下 荫 替 油

白让阿妈费灯油。

Beaz haec buxgais mbinl dis yeeuh,
白 给 公鸡 飞 替 鹞子

白给公鸡替鹞飞，

Beaz gec xeeuh wenz ndil haec feax.
白 那 辈 人 好 给 别人

白让好人给别人。

Hah ndongl deg feax ndaix,
护 林 被 人 得

护林被人得，

Hah faix deg feax fanz.
护 树 被 人 砍

护树被人砍。

Joz deg manc deg hamz feax laangs,
遭 受 气 受 恨 别人 空

白白遭受人嫉恨，

Miz gueh daangh maz aul saaul ndaix.
没 做 藤 哪 要 情妹 得

不知怎么得到妹。

Is banz naamh gul aul xos luh,
若 成 土 我 要 放 坑、洞

若是泥土要填坑，

Is banz faix gul byomc xos fiz.
若 成 树 我 砍、伐 放 火
若是木柴要烧火。

Dal ranl xoix wenz ndil ndeeul laangs,
眼 见 位 人 好 一 空
白白看见好姑娘，

Miz gueh daangh maz aul saaul ndaix.
没 做 藤 哪 要 情妹 得
不知怎么得到妹。

Bausdongz daans yiangh nix,
情哥 谈 样 这
情哥这样说，

Daans yianghnix lengc fens saaul yiangh mos,
谈 这样 才 份 情妹 样 新
这样说妹才有新歌，

Fens saaul lix riangzlangl daaus mos.
份 情妹 有 跟后 回 新
情妹随后有新歌。

Legmbegt:
女
女：

Doc mengz xeec ndanlsaml dongz lings,
若 你 舍 心 情哥 倾
若你舍得心来玩，

Doc mengz xeec ndanlmingh dongz riangz.
若 你 舍 命 情哥 跟
若你舍得命来跟。

Dal ranl seenc miz seenc,
眼 见 迁 不 迁
可迁我不迁，

Heenz mbenl xians miz xians.
边 天 转 不 转
天转我不转。

Sis myianh yux miz bail,
四 面 情人 不 去
哪里妹不去，

Maixsaaul saanl mail xac yux.
情妹 编 线 等 情人
情妹编棉线等你。

Ximl mbenl seenc miz seenc,
看 天 迁 不 迁移
看天迁移不迁移，

Neenh mbenl xians miz xians.
瞧 天 转 不 转
瞧天转不转。

Sis myianh yux miz rongz,
四 面 情友 不 下
哪里妹不去，

Maixsaaul nangh naanz ngonz xac yux.
情妹 坐 久 天 等 情友
情妹坐着等情哥。

Xac gec xoix dongzsaanl mal nangh,
等 那 位 情哥 来 坐
等待情哥过来耍，

Xac gec mianh dongzsaanl mal byaaic.
等 那 面 情哥 来 走
等待情哥过来走。

Hadtsadt dois hadtsadt gul rungl ngaaiz xaux,
戌早 对 戌早 我 煮 早饭 早
每个狗场早煮饭，

Hadtsax dois hadt sax gul rungl ngaaiz roomh.
午早 对 早 午 我 煮 早饭 早
每个马场早煮饭。

Genl haux goons wenz laail,
吃 饭 先 人 多
吃饭在人先，

Gul xac xoix dongzgvaail① mal nangh,
我 等 位 情哥 来 坐
专等情哥过来玩，

Gul xac mianh dongzgvaail mal yungx.
我 等 面 情哥 来 容
我等情哥过来耍。

Legsaail:
男
男：

Doc mac jis xeec xux,
只 要 友 舍 接
只要友愿接，

Doc mac yux xeec hinl②,
只 要 情人 舍 答应
只要妹答应，

---

① dongzgvaail，聪明的情人。dongz xinh，清醒的情友、情人。
② xeec hinl，舍得答应。

Doc mac xoix maixsaaul xeec mingh.
只 要 位 情妹 舍 命　　只要情妹舍得命。

Dangz hadtsadt mengz rungl haux xac,
到 成早 你 煮 饭 等　　狗场你就煮饭等，

Dangz haamhsax mengz rungl xauz beah.
到 午晚 你 煮 晚饭 备　　马场晚饭你准备。

Rungl xauz xac rogrues,
煮 晚饭 等 戴帽雀①　　备饭等帽雀，

Rungl xauz beah gaisgail.
煮 晚饭 备 野鸡　　备饭等野鸡。

Rungl xauz xac ronl jail mal nangh,
煮 晚饭 等 路 远 来 坐　　备饭等情哥来玩，

Rungl xauz xac dangs ronl jail mal yungx.
煮 晚饭 等 嘱咐 路 远 来 容　　等远方情哥来耍。

Haux rungl gaail ndeeul beah,
饭 煮 筒 一 备　　晚饭煮一筒，

Ngaaiz rungl doix ndeeul beah.
早饭 煮 碗 一 备　　早饭煮一碗。

Haux miz beah jiclaail,
饭 不 备 多少　　备饭不用多，

Haec gec xoix dongzgvaail bail nangh,
给 那 位 情哥 去 坐　　让那情哥过去坐，

Haec gec myianh dongzgvaail bail yungx.
给 那 面 情哥 去 容　　让那情哥过去耍。

Laaul jis bail miz xaux,
怕 友 去 不 早　　怕友去太迟，

Laaul yux bail miz myaangz.
怕 情人 去 不 快　　怕哥去太慢。

① 戴帽雀与下句的野鸡都是一种比喻，指情哥。

Mogt fiz myaec mogtrumx,
埋 火 别 埋堆
埋火别埋堆，

Rumx fiz myaec rumx jos,
埋 火 别 埋 火子
埋火别埋子，

Xeel deel os lixlidt gongzjiangz.
留 它 出 闪光 三脚架
让火星能闪烁。

Bausdongz nyaaux bail riangz saaul nangh,
情哥 吵闹 去 跟 情妹 坐
情哥好去跟妹坐，

Bausdongz ngih bail riangz saaul gaangc.
情哥 二 去 跟 情妹 讲
情哥好去跟妹讲。

Laaul saaul genl lauc xih mac genl lauc hans,
怕 情妹 吃 酒 就 要 吃 酒 恶
怕妹爱喝高度酒，

Nangh xih mac nangh dangs saangl.
坐 就 要 坐 凳 高
坐凳也要坐高凳。

Laaul saaul liec banz gvaangl lengc nangh,
怕 情妹 瞧 成 少爷 才 坐
看像少爷妹才坐，

Ximl banz suc lengc nangh.
看 成 地主 才 坐
看像地主妹才玩。

Ngonzdeel jimlndanllux ximl laangs,
那天 金滚珠 看 空
那时情哥干瞪眼，

Ngonzdeel xoix dongzsaanl ximl laangs,
那天 位 情哥 看 空
那天情哥干瞪眼，

Ngonzdeel mianh dongzsaanl ximl ndax.
那天 面 情哥 看 闲
那天情哥空得见。

Legmbegt:
女　　女：

Miz deengl xonz nix soonl,
不　是　句　这　教　　不是这样教，

Miz deengl haaus nix xuex.
不　是　话　这　谈　　话非这样说。

Doc mengz mal lo yux,
只要　你　来　吧　情人　　你就来吧哥，

Doc mengz byaaic lo menl.
只要　你　走　吧　情人　　你就来吧友。

Lauc miz rooml jic gas,
酒　不　备　几　罐　　酒不用几罐，

Xah miz dac jic deeuz.
绳　不　打　几　条　　绳不打几条。

Gec rauz faixjiul miz eeux gecmaz jic hoh,
那　咱　芭茅　不　仓　哪个　几　节　　我是芭茅没几节，

Maixsaaul doh miz heenl jic bux.
情妹　独　不　隔　几　人　　情妹不会玩几人。

Xac gec jimlndanllux bux doh,
等　那　金滚珠　人　独　　专等情哥一个人，

Xac gec xoix dongzsaanl bux doh.
等　那　位　情哥　个　独　　就等情哥一个人。

Fens saaul daans yianghnix,
份　情妹　谈　这样　　情妹这样说，

Daans yianghnix lengc lix fens dongz daaus mos,
谈　这样　才　有　份　情哥　回　新　　这样说哥才再答，

Fens dongz lix riangzlangl daaus mos.
份　情哥　有　跟后　回　新　　情哥随后有新歌。

Legsaail：
男　　　　男：

Ndicnyiel dab ndicnyiel saaul nyaaux，
倾听　又　倾听　情妹　吵闹　　认真听吧情妹妹，

Ndicnyiel dab ndicnyiel saaul ruangh，
倾听　又　倾听　情妹　愁　　再认真听吧情妹。

Dazraaix xinl laez fih？
真的　真　哪　没　　是真心了没？

Xinl dazraaix haec dongz laez fih？
真　真的　给　情哥　哪　没　　真心给情哥了没？

Dogtbas siams dogtbas[①]，
干脆　就　干脆　　干脆又干脆，

Dogtbas yux ndaix hingl，
干脆　情人　得　应　　情哥已答应，

Xamz dogtgaanh rauz doc miz bail，
玩　中断　咱　都　不　去　　玩个中断咱不干，

Xamz dogtgaanh rauz xeel miz ndaix.
玩　中断　咱　丢　不　得　　玩到中途丢不下。

Dogtbas siams dogtbas，
干脆　就　干脆　　干脆就干脆，

Dogtbas genl byagtsuac[②] lumx deh，
干脆　吃　奶浆菜　满　筷　　干脆夹满筷奶菜，

Dogtbas yuax byagtyuz lumx deh.
干脆　赶　油菜　满　筷　　干脆夹满筷油菜。

Dogtbas leeh yah feax gueh hingl.
干脆　选　妻　别人　做　应　　干脆让情妹答应，

① dogtbuas，愿意一句一句的说给你听，后来指干脆。

② byagtsuac，一种切后会流白浆的野菜，方言叫奶浆菜。

Dogtbas leeh saaul hingl gueh rangx①.
干脆 选 情妹 音 做 久 干脆长久听妹音。

Fens dongz daans yianghnix,
份 情哥 谈 这样 情哥这样说，

Daans yianghnix lengc lix fens saaul daaus mos,
谈 这样 才 有 份 情妹 回 新 这样说才有新歌，

Fens saaul lix riangzlangl daaus mos.
份 情妹 有 跟后 回 新 情妹随后有新歌。

Legmbegt:
女 女：

Dogtbas siams dogtbas,
干脆 就 干脆 干脆就干脆，

Dogtbas genl ramx gaamc,
干脆 吃 水 洞 干脆喝洞水，

Dogtbas naamx ramx mbos.
干脆 吞 水 井 干脆喝井水。

Dogtbas bos ramx binc bail genz,
干脆 吹 水 翻 去 上 干脆吹水翻上去，

Labtdal yungx saaulmenl songs xeeuh.
闭眼 容 情妹 送 辈 闭眼想情妹终身。

Dogtbas bos ramx binc bail saangl,
干脆 吹 水 翻 去 高 干脆吹水翻高处，

Labtdal yungx maixsaaul songs xeeuh.
闭眼 容 情妹 送 辈 闭眼想情妹终身。

Xonz benc daans yiangh nix,
句 本 谈 样 这 话本这样说，

① gueh rangx，做或坐得很久。

Haaus benc gaangc yiangh deel.
话 本 讲 样 那
话本那样说。

Aul gueh jobt gueh xiel benc beangc,
要 做 斗笠 做 呵护 本 翻
要拿笠保护会翻,

Aul gueh liangc gueh xiel benc waaih,
要 做 伞 做 呵护 本 坏
要拿伞保护会坏,

Saaul oons ngaail oons bail jaiz feax.
情妹 边 爱 边 去 爱 别人
情妹边爱边变心。

Aul gueh jobt benc xiel benc beangc,
要 做 斗笠 本 呵护 本 翻
要拿笠保护会翻,

Aul gueh jobt benc xiel benc roh,
要 做 笠 本 呵护 本 漏
要拿笠保护会漏,

Saaul oons roh oons bail jaiz feax.
情妹 边 漏 边 去 爱 别人
边漏边去爱别人。

Miz deengl xonz nix soonl,
不 是 句 这 教
话非这样教,

Miz deengl haaus mengz xuex nix nauz.
不 是 话 你 谈 这 说
不要像你这样说。

Ndicnyiel dab ndicnyiel lo yux,
倾听 又 倾听 咯 情友
认真听吧情哥哥,

Ndicnyiel dauc ndicnyiel lo ruangh,
倾听 再 倾听 咯 友
再认真听吧情友,

Ndicnyiel jimlndanllux mengz haaus,
倾听 金滚珠 你 话
听你金元宝的话,

Ndicnyiel xoix maix dongzsaanl mengz haaus.
倾听 位 妹 情人 你 话
倾听你情友的话。

Aul gueh jobt xih xiel dangz weamx,
要 做 笠 就 遮 到 黑
要当笠就遮到黑,

Aul gueh liangc xih xiel dangz hamh.
要 做 伞 就 遮 到 晚
要当伞就遮到晚。

Aul gueh dueh xih nyumx dal mail,
要 做 豆腐 就 染 眼 线
要做豆腐染线眼，

Aul gueh yux xih jaiz songs xeeuh.
要 做 情人 就 爱 送 辈子
要当情人爱终身。

Aul gueh jobt xih xiel dangz weamx,
要 做 笠 就 遮 到 黑
要做笠就遮到黑，

Aul gueh liangc xih xiel dangz hamh.
要 做 伞 就 遮 到 晚
要做伞就遮到晚。

Aul gueh yueh xih nyumx dal bangz,
要 做 哄 就 染 眼 布
假意就要染布眼，

Aul leg yux xih xamz songs xeeuh.
要 儿 情人 就 玩 送 辈子
要这情人玩到老。

Daail aul eedt xunc eedt ndai,
死 要 芦苇 当 芦苇 呀
死要芦苇当芦苇，

Gul aul eedt hanznaz xunc dux.
我 要 芦苇 田坎 当 扦
田坎芦苇当作扦。

Gul aul yux xunc yux,
我 要 情人 当 情人
我要情人当情人，

Gul aul yux xunc yaiz.
我 要 情人 当 相好
我要情人当相好。

Gul aul yux ronl jail xunc may,
我 要 情人 路 远 当 妈
远方情人当作妈，

Aul xunc bix riangz waangl jauc dah.
要 当 兄 跟 横 头 河
当兄跟着过河头。

Aul xunc may riangz bix ramxroongz,
要 当 妈 跟 兄 洪水
要当洪水妈和兄，

Aul xunc may riangz hoongl haec dangc,
要 当 妈 跟 活路 给 立
当妈能够撑活路，

Aul xunc bix riangz waangl jauc dah,
要 当 兄 跟 横 头 河
当兄跟着过河头，

Aul xunc may riangz waail,
要 当 妈 和 坝
要当妈如拦河坝，

Aul xunc boh ndeeul rooml xeenz haec.
要 当 爸 一 收集 钱 给
要当爸来累钱给。

Dazraaix xinl laez fih.
真的 真 没 有
真的是了没？

Xinl dazraaix haec saaul laez fih?
真 真的 给 情妹 没有
真话给情妹了没？

Jauz myaec gaangc bahmaauz haec jis,
求 别 讲 假话 给 友
请别讲假话给友，

Jauz myaec haaus bahmaauz haec yux.
求 别 话 假话 给 情人
请别说假话给妹。

Maixsaaul nyaaux xih aul dongz gueh bad,
情妹 吵闹 就 要 情哥 做 神
情妹把哥当作神，

Maixsaaul ngih aul dongz gueh wenj.
情妹 二 要 情哥 做 稳
情妹有哥心就定。

Mengz lix raabt lix hoonc ndeeul hal,
你 有 挑 有 担 一 搭配
你有挑担相搭配，

Gul lix raabt lix hoonc ndeeul hal.
我 有 挑 有 担 一 搭配
我有挑担相搭配。

Mal rauz ndal gueh raabt,
来 咱 建 做 挑
咱来做一挑，

Mal rauz gaabt gueh ndeeul.
来 咱 合 做 一
咱来合为一。

Deg reeul wenz miz ngaail,
被 笑 人 不 爱
遭人笑不管，

Deg reeul feax miz ngaail.
被 笑 别人 不 爱
别人笑不管。

Docdaanh ndaix jis xaauxeeux,
只要 得 友 成家
只要得哥来成家，

Docdaanh ndaix yux xaauxraanz.
只要 得 情友 成家 　　只要得友来成家。

Ngonzdeel xoix maixsaaul miz ruangh,
那天 位 情妹 不 愁 　　那天情妹就不忧，

Ngonzdeel mianh maixsaaul miz daic.
那天 面 情妹 不 哭 　　那天情妹就不哭。

Dongz nauz yianq nauz yianq,
情哥 说 愿 说 愿 　　情哥再三说愿意，

Dongz miz xeec xeenz ndaul xos sins[1],
情哥 不 舍 钱 酬 放 信 　　情哥舍不得定金，

Maixsaaul xinl qyus heenl mengz ndaix?
情妹 信 在 隔 你 得 　　情妹咋会得到你？

Bas nauz dez nauz dez,
口 说 拿 说 拿 　　嘴说给信物，

Dongz miz xeec aul xez xos sinl,
情哥 不 舍 要 时 放 信 　　情哥没有送情物，

Maixsaaul xinh qyus heenl mengz ndaix?
情妹 聪明 在 隔 你 得 　　情妹咋会得到你？

Legsaail:
男 　　男：

Bas nauz dez nauz dez,
口 说 拿 说 拿 　　嘴说送信物，

Dongz miz xeec aul xez xos sins ni me?
情哥 不 舍 要 时 放 信 是 吗 　　情哥没送情物是吗？

Xab nix xos bail nac,
从 此 放 去 前 　　从此往以后，

① sins，信，这里指信物、定情物。

Nyas nix bail xos genz.
季 这 去 放 上

过这季以后。

sins dangz nac mac aul,
信 到 前 要 要

信物到要接,

Ndaul dangz nac mac souy,
礼物 到 前 要 收

信物到要收,

Xeenz mbaaus doh bail dangz mac lingx.
钱 男人 独 去 到 要 领

情哥信物到要领。

Sins dangz nac mac aul,
信 到 前 要 要

信到妹要接,

Xeenz dangz nac maixsaaul miz daaus,
钱 到 前 情妹 不 退

定金到手妹别退,

Xeenz mbaaus jiaoy bail dangz mac lingx.
钱 男人 交 去 到 要 领

定金到了妹要领。

Legmbegt:
女

女:

Sins dangz xih aul ndia,
信 到 就 要 呀

信物到就要,

Xeenzndaul dangz nac xih souy,
酬金 到 脸 就 收

定金到就收,

Xeenz mbaaus doh mal dangz xih lingx.
钱 男人 独 来 到 就 领

情哥定金到就领。

Maixsaaul lix miz xeel haux rih[1],
情妹 有 不 丢 谷 地

妹生不会丢旱谷,

Daail miz doc haux rih.
死 不 踢 谷 地

死不丢旱稻。

---

① haux rih,旱谷,即旱稻。

Daail miz wis[1] bail roh xeel bix,
死　不　簸　去　外　丢　兄　　　　　死不丢哥给别人，

Daail miz doc dongz ndil bail roh,
死　不　踢　情哥　好　去　外　　　　死不丢下好情哥，

Daail miz doc dongz ndil haec feax.
死　不　踢　情哥　好　给　别人　　　死不踢好哥给人。

Lix miz xeel haux rih,
有　不　丢　谷　地　　　　　　　　　生不丢旱谷，

Daail miz doc haux rih.
死　不　踢　谷　地　　　　　　　　　死不丢旱稻。

Daail miz doc dinl xiangz,
死　不　撞　脚　墙　　　　　　　　　死不撞墙脚，

Daail miz doc saaulraangz os mbaanx,
死　不　踢　嫩妹　出　寨　　　　　　死不让嫩妹出寨，

Daail miz doc saaulraangz haec feax.
死　不　抛　嫩妹　给　别人　　　　　死不抛嫩妹给人。

Gec deel jis gaangc lumc,
个　那　友　讲　像　　　　　　　　　情哥讲得好，

Gec deel yux gaangc xinl.
个　那　情人　讲　真　　　　　　　　情哥讲得真。

Gec deel ndiabt lumc fens saaul nyaaux,
个　那　想　像　份　妹　吵闹　　　　你想就像情妹想，

Gec deel daauc lumc fens saaul ngih.
个　那　倒　像　份　情妹　二　　　　你说的像情妹说。

Haec rauz ies naamhndingl,
给　咱　停　红土　　　　　　　　　　让咱停红土，

Rauz yieh miz ies naamhndingl leelo.
咱　也　不　停　红土　嘞咯　　　　　咱也不停红土了。

① wis，原义为簸去米糠，引申为辜负、忘恩负义。

Haec rauz duanh hauxhongl hauxweangc,
给 咱 断 红稗 小米　　让咱断绝红稗小米，

Rauz miz duanh hauxhongl hauxweangc.
咱 不 断 红稗 小米　　咱不断红稗小米。

Haec gul duanh mengz yux,
给 我 断 你 情人　　叫我断绝你，

Myaec gul duanh mengz menl.
别 我 断 你 相好　　我不断绝你。

Jauc dies dinl lengc duanh,
头 搁 脚 才 断　　头放脚才断，

Hingl miz lix ngonz laez lengc duanh.
音 不 有 天 哪 才 断　　哪天没声音才断。

Daail banz dauh lengc lumz,
死 成 灰 才 忘　　死成灰才忘，

Nauh banz faux lengc lumz.
腐 成 烬 才 忘　　烂成灰才忘。

Banz josmic josnduml[①] lengc duanh,
成 碳子 火子 才 断　　成碳子火子才踢，

Daail bail baaih duezfaangz lengc doc.
死 去 边 鬼魂 才 踢　　死去阴间了才断。

Jis gah bas gaangc lumc,
友 自 口 讲 像　　友嘴讲得好，

Yux gah bas gaangc xinl.
情人 自 口 讲 真　　情哥讲像真。

Bas genl ramx mboslinz[②] lee ma?
口 吃 水 灵井 嘞嘛　　口喝灵井水了吧？

---

① banz josmic josnduml，陪同死人入殓的火炭，借指死亡或被烧成火炭。
② mboslinz，灵验的井。下句的 mbosngox，笼竹边的井。

Dinl bail diab gec maz mbosngox?
脚 去 踩 个 啥 笼竹井　　　　脚去踩哪个笼竹井？

Bas mengz lox gul ndoil,
口 你 哄 我 空　　　　你空嘴来哄我，

Dungx mengz yueh gul ndoil.
肚 你 骗 我 空　　　　你空心来骗我。

Haec legyux[①] banz bungz jic daaus,
给 情友 成 遇 几 回　　　　让情妹能遇你几回，

Haec nuangx roh banz bungz jic mbangx.
给 妹 外 成 遇 几 段　　　　让情妹能遇你几段。

Is mengz ndiabt lumc fens legyux,
若 你 想 像 份 情友　　　　若你想的像情妹想的，

Is mengz daauc lumc fens saaul ngih.
若 你 倒 像 份 情妹 二　　　　若你倾心像情妹倾心。

Bas genl ramx mboslinz ndai,
口 吃 水 灵井 呀　　　　口喝灵井水呀，

Dinl mengz diab gec maz soongl mbangx.
脚 你 踩 个 哪 二 节　　　　你脚踩什么双节。

Bas gul gaangc xos mengz,
口 我 讲 给 你　　　　我话说给你，

Dungx aul mengz gueh manh ndee lo,
肚 要 你 做 稳 嘞 咯　　　　心要得你才稳啊，

Maixsaaul ngih aul mengz gueh wenj.
情妹 二 要 你 做 稳　　　　情妹得到你才稳。

Bausdongz daausbail eeux,
情哥 回去 粮仓　　　　情哥回到家，

Legyux daausbail raanz.
情友 回去 家　　　　情哥回到屋。

① legyux，原义为小朋友，指情友、情人。下同。

Ndaix jobt ndil myaec doc jobtsaadt,
得 笠 好 别 踢 叶笠 得好笠别踢草笠，

Ndaix haaizmaad myaec doc haaizhiz.
得 靴子 别 踢 汗鞋 得靴子别踢脏鞋。

Ndaix buxndil myaec doc bux ndux,
得 好人 别 踢 人 前 得好人别踢前人，

Legyux ndaix jobt ndil myaec doc jobtsaadt.
情友 得 笠 好 别 踢 叶笠 情哥得好笠别踢草笠。

Ndaix haaizmaad myaec doc haaizbangz,
得 靴子 别 踢 布鞋 得靴子别踢布鞋，

Deed buxens myaec hamz legyux.
跟上 别人 别 苦 情友 跟别人别恨情妹。

Nac faangz nac lumc yux,
每 个 每 像 情人 每个都像我，

Nac bux nac lumc saaul.
每 个 每 像 情妹 个个都像妹。

Langl ngonz jis qyus eeux,
后 天 友 在 粮仓 今后哥在家，

Langl ngonz yux qyus raanz.
后 天 情人 在 家 今后哥在屋。

Ndanlxel ruangh dangz mengz jic daaus,
心 愁 到 你 几 回 内心想你好几次，

Ndanlxel ruangh dangz mengz jic mbangx.
心 愁 到 你 几 段 内心想你好几回。

Bol laez gveengs saaml saux?
坡 哪 向阳 三 峰 哪峰是笔架峰？

Maux laez gveengs mauxgonl[1]?
峰 哪 向阳 竹峰 哪峰是丹竹峰？

① mauxgonl，长有丹竹的山峰。

Ronl laez jimlndanllux bail rih?
路 哪 金滚珠 去 地

哪路是哥上山的路？

Ronl laez xoix dongzsaanl bail rih?
路 哪 位 情哥 去 地

哪路是哥下地的路？

Bol laez gveengs saaml saux?
坡 哪 向阳 三 山峰

哪峰是笔架峰？

Maux laez gveengs mauxgonl?
峰 哪 向阳 竹峰

哪峰是丹竹峰？

Ronl laez doc gec raanz yux ngih?
路 哪 通 个 家 情友 二

哪路通到情哥家？

Ronl laez gveengs dul raanz legyux?
路 哪 向阳 门 家 情友

哪路对着情哥家？

Gec deel xoix maixsaaul ndaix neenh,
个 那 位 情妹 得 看

那个情妹才得看，

Gec deel myianh maixsaaul ndaix gaangc.
个 那 面 情妹 得 讲

那样情妹才得讲。

Gec deel jimlndanllux seeuc ruangh,
个 那 金滚珠 少 愁

那样情妹少思念，

Ngonzdeel xoix maixsaaul seeuc ruangh.
那天 位 情妹 少 忧

那天情妹少忧愁。

Ndilhamz dab ndilhamz ndai,
可恨 又 可恨 呀

心里苦又苦，

Ndilhamz bol saaml saux miz ramh,
可恨 坡 三 峰 不 遮

苦于笔架峰不遮，

Ndilhamz maux genz raanz miz ramh.
可恨 峰 上 家 不 遮

苦于屋后峰不遮。

Ndagtreeul dab ndagtreeul,
好笑 加 好笑

好笑又好笑，

Ndagtreeul xaangh laez rox diz qyas?
好笑 匠 哪 知 打 挖锄

好笑哪匠会打锄？

Has laez rox diz sol?
汉族 哪 知 打 薅锄 　　哪个汉人会打锄?

Qyol haec maux nix byiangh,
撑 给 峰 这 平 　　挖这山峰平,

Byiangh mal lac gueh binz.
平 来 下 做 坪 　　挖掉变成坪。

Yux genl ringz roxheeh,
情友 吃 午饭 知道 　　见哥吃午饭,

Dongz genl haux roxheeh.
情哥 吃 午饭 知道 　　见哥吃晚饭。

Legsaail:
男 　　男:

Gec deel yux nauz jius beehdianl[①],
个 那 情人 说 关键 严重 　　情友说得那么重,

Maixsaaul ngih nauz leeux beehdianl.
情妹 二 说 完 严重 　　情妹说得那么绝。

Mal gul gaangc mengz nyiel saaul xinl,
来 我 讲 你 听 情妹 聪明 　　我讲来你听情妹,

Mal gul lenh mengz nyiel saaul nyaaux.
来 我 论 你 听 情妹 吵闹 　　我论来你听情妹。

Lab ngonz jis qyus eeux,
每 天 友 在 粮仓 　　每天友在家,

Lab ngonz yux qyus raanz.
每 天 情人 在 家 　　每天哥在屋。

Ngonz bail rih ye genl beeh ramx,
天 去 地 也 吃 那 水 　　每天下地只喝水,

① beehdianl,原义是像说的一样,这里指厉害、严重。

Ngonz bail rih yieh nyamc beeh ianl,
天 去 地 也 嚼 那 烟
每天下地只抽烟，

Ngonz bail rih yieh dianl beeh yux.
天 去 地 也 念 那 情人
每天下地都念妹。

Jicngonz qvaais xih yux genl ringz,
太阳 让 就 情人 吃 午饭
太阳偏就吃午饭，

Jicngonz qvaais xih dongz genl haux.
太阳 让 就 情哥 吃 饭
太阳偏了哥吃饭。

Dongz genl haux xih dangc soongl xal,
情哥 吃 饭 就 立 二 盘
情哥吃饭两个碗，

Dongz genl haux xih ral soongl guh,
情哥 吃 饭 就 找 二 双
情哥吃饭两双筷，

Aul gueh guh ndeeul dangc genz rinl.
要 做 双 一 立 上 石
要成一双摆石上。

Raiz haec jimlndanllux mal nangh,
喊 给 金滚珠 来 坐
喊那情妹来跟坐，

Raiz haec xoix maixsaaul ndil mal nangh.
喊 给 位 情妹 好 来 坐
喊那好情妹来坐。

Yux hee,
情人 呀
情妹呀，

Bas nauz jis gaangc lumc,
口 说 友 讲 像
嘴说得很像，

Bas nauz yux gaangc xinl.
口 说 情友 讲 真
嘴说妹讲真。

Nauz haec jimlndanllux seeuc ruangh,
说 给 金滚珠 少 忧
说来情妹少忧愁，

Nauz haec xoix maixsaaul seeuc ruangh.
说 给 位 情妹 少 忧
说来让情妹少忧。

Dazraaix xinl laez yueh?
真的 真 或 哄
真话还是假？

Xinl dazraaix laez yueh?
真　真的　或　哄　　是真还是哄?

Gul laaul bas loxleed loxlaaiz ma?
我　怕　口　翻转　躲闪　吗　　我怕话翻飞躲闪了吧?

Naaiz diec linx buxgvaail loxleed,
口水　底　舌　聪明人　翻飞　　舌下口水会翻飞,

Byalriangzndingl lox byalbangz.
红鲤鱼　哄　白条鱼　　红鲤鱼哄白条鱼。

Banzlumc ruc menzdangl deemc roongh,
好像　冠　灯草　点　亮　　好像灯芯被点亮,

Doonh laez deemc xih doonh laez daail.
节　哪　点　就　节　哪　灭　　哪节亮来哪节灭。

Deed buxens banz gvaail leglox,
跟上　别人　成　聪明　哄儿　　跟上别人成骗子,

Doonh ndeeul deemc xih doonh ndeeul dez.
节　一　点　就　节　一　燃　　哪节点来哪节燃。

Deed buxens xih dez mal lox,
跟上　别人　就　拿　来　哄　　跟上别人拿来哄,

Mengz gueh lox buxlaangs miz il,
你　(助)哄　空人　不　依　　你哄别人就不依,

Mengz gueh yueh buxndax miz il.
你　(助)　哄　闲人　不　依　　你哄闲人也不依。

Naanz bil jimlndanllux daaus ruangh,
久　年　金滚珠　又　忧　　年久情妹又伤心,

Ngonzdeel xoix maixsaaul daaus ruangh.
那天　位　情妹　又　忧　　到时情妹又忧愁。

WEANL HANH XAUH
美貌赞歌

Dah neex dah beangz laez?
河 这 河 地方 哪　　这河哪方河?

Sael dangz diec dangz rees.
净 到 底 到 沙　　清澈可见底。

Maix neex maix buxlaez?
姑娘 这 姑娘 哪个　　这女是谁妻?

danc jongs beah raaiz reeh.
穿 件 衣 花 纹　　身穿花衣裳。

Meeh xauhndil laez ndaix?
母 美丽 哪位 得　　哪位娘来生?

Meeh roxlaix laez ul?
母 懂礼 哪位 生　　哪位贤母生?

Leeux jaangl xul doc hanh,
全 中 城 都 赞　　全城都称赞,

Xul beangz laaux doc hanh.
城 地方 大 都 赞　　大城市都赞。

Xauhndil waanz xauhndil,
美丽 还 美丽　　美丽加美丽,

Xauhndil dais dieheedt laez dauc?
美丽 从 芦苇丛 哪 来　　美丽从哪个苇丛来?

Xauhndil dais weec naamh laez dauc?
美丽 从 块 泥 哪 来　　美丽是从哪块土来?

Dais jiez naamh raaizwal,
从 那 泥 花纹
从那花土来，

Bais jizbyal jeedt linh,
如 鱼鳍 鳞 密
从那如甲的鱼鳞来，

Nuangx aznyamx dais jail.
妹 微笑 从 远
老远笑着来。

Dalmbail baz bux roh,
秀眉 妻 人 他
美眉他人妻，

Eeulhaanz maix bux roh.
长颈 媳妇 人 他
美颈他人妻。

Xauhndil waanz xauhndil,
美丽 还 美丽
美丽加美丽，

Xauhndil baais gaais gol faixsil byasdaadt,
美丽 如 那 棵 吊竹 悬崖
美像崖上那吊竹，

Baais gaais gol faixraabt byasmaux,
如 那 棵 金丝朗 山峁
美如巅峰金丝榔，

Baais gaais gol faixngaux jaangl baanz.
如 那 棵 杉树 环山路
美如路边杉树。

Dalyaanz lumc jiangs jiml,
眼瞟 像 镜 金
眼看如金镜，

Ximl lumc leg buxlix.
看 像 儿 富家
看似富家女。

Leg buxlix xaanghgaangc,
儿 富家 会讲
富家女会说，

Leg buxlaaux xaanghreeul,
儿 大人 会笑
大闺秀会笑，

Reeul lumc duez luanffungq.
笑 似 只 鸾凤
笑容如鸾凤。

Nadnoh uns lumc nyel,
肉色 嫩 如 久
肤色嫩又红，

Nacbyas xic xazrauh.
眉头 紫色 那样 脸色多么好。

Benldal dams xazrauh,
眉毛 矮 那样 眉毛多么短,

Dal soonglsenz deghanh.
眼 双层 称赞 双眼皮受赞。

Beangzdal xic deghanh,
眼皮 紫 称赞 丹凤眼受赞,

deg hanh riangz legdal,
被 赞 与 眼睛 受赞为眼睛,

deghal riangz wasbeah.
配衬 与 服饰 般配为服饰。

Doodt wasbeah mengz xeel,
脱 服饰 你 去 脱去那服饰,

Nyeez dazganx gueh rih.
妹 勤快 做 地 勤快种田地。

Wasbeah danc qyus ndaangl,
服饰 有 在 身上 服饰穿身上,

Bix gvaangl gaangc leeuxxauh.
哥 少爷 讲 很美 哥说真美丽。

Xauhlumc mailraaiz beed jaangl haangh,
美如 花线 摆 中 摊 美如摊上那花线,

Lanfgany beed bashal,
栏干 摆 衣衩 美如衣花边,

Dalgeangz goc leeux xauh.
眼眉 波 很 美丽 眼眉更漂亮。

Lanfgany beed xaauzgenz,
栏干 摆 上方 花边配大袱,

Mail sil seeus leeux xauh,
线 丝线 绣 很 美丽 丝线绣更美,

Leg lunz feax leeux xauh.
么 儿 他人 很 美丽
别家幺妹美。

Xauhndil waanz xauhndil,
美丽 还 美丽
美丽加美丽，

Xauhndil biz roongl joic,
美丽 张 叶 芭蕉
美如芭蕉叶，

Xauhndil oix hauxdais,
美丽 蕨 苞谷
美如玉米蔗，

Bas mais oix hauxhongl.
嘴 淡红 蕨 红稗
朱唇如红稗。

Basmbongl baz bux roh,
和蔼 妻 人 他
笑脸他人妻，

Eeulhaanz maix bux roh.
颈长 媳妇 人 他
美颈他人妻。

Xauhndil waanz xauhndil,
美丽 还 美丽
美丽加美丽，

Xauhndil dungx byagtjeeux.
美丽 肚 头菜
美如野葱头。

Raanghreeux sez banl roongl,
服饰 像 裹 叶
衣裳像树叶，

Dalmenz sez mid gveedt.
眼美 像 刀 雕刻
眼美如刀雕。

Bas rox laix mbael byeeul.
嘴 会 绕 叶 刺竹
嘴上懂礼节。

Dinl fengz haaul gvaamsjais,
足 手 白 蛋壳
肤白胜蛋壳，

Bas mais sez waldaauz.
口 嘴红 似 桃花
朱唇如桃花。

Masdaauz haauljaangl jis,
桃子 熟 中 枝
桃花开枝上，

Deenglndil bix mal ranl.
正好　兄 来　见　　　　　　　　　正逢哥看见。

gaail nazndaml doc laaih,
卖　青苗　都　追　　　　　　　　卖稻田都追,

Gaail nazjac doc riangz.
卖　秧田 都　跟　　　　　　　　卖秧田都跟。

Xauhndil waanz xauhndil,
美丽　还　美丽　　　　　　　　美丽加美丽,

Xauhndil gvas lac mbaanx,
美丽　过 下　寨　　　　　　　　美人过寨脚,

Banz yaangh gvas lac sianl,
成　样　过 下　园　　　　　　　美人过园边。

Samlmeanl baz bux roh,
娴雅　妻 人　他　　　　　　　　贤惠他人妻,

Eeulhaanz maix bux roh.
颈长　妻　人　他　　　　　　　　美颈他人妻。

Xauhndil waanz xauhndil,
美丽　还　美丽　　　　　　　　美丽加美丽,

Xauhndil beah bigtjamx,
美丽　衣服　深蓝　　　　　　　美丽衣湛蓝,

Axnyamx beah bigtmbenl.
浅色　衣　天蓝　　　　　　　　笑脸衣天蓝。

Dalmbail baz bux roh,
秀目　妻 人　他　　　　　　　　秀眉他人妻,

Eeulhaanz maix bux roh.
颈长　妻　人　他　　　　　　　　美颈他人妻。

Xauhndil waanz xauhndil,
美丽　还　美丽　　　　　　　　美丽加美丽,

Xauhndil nad hauxgas.
美丽　颗　稻谷　　　　　　　　美如稻谷粒。

Samlqyas samlnyaus nad hauxsianl,
丑陋 心狠 颗 粳米 最恨是粳米，

Samlmeanl baz bux roh,
娴雅 妻 人 他 贤惠是人妻，

Eeulhaanz maix bux roh.
颈长 妻 人 他 美颈他人妻。

Xauhndil waanz xauhndil,
美丽 还 美丽 美丽加美丽，

Xauhndil dungx byagtras.
美丽 肚 马苋菜 美人苦菜心。

Samlqyas samlnyaus dungx byagtwail,
丑陋 狠心 肚 野蒿菜 最恨野蒿菜，

Dalmbail baz bux roh,
秀目 妻 人 他 秀眉他人妻，

Eeulhaanz maix bux roh.
颈长 妻 人 他 美颈他人妻。

WEANL LABTHAMH
黑夜歌

Labthamh bix bail xunz,
夜晚 哥 去 玩
夜晚哥去玩，

Labthenz dul bail nangh.
黑夜 我们 去 坐
黑夜咱去坐。

Bail nangh dangz reegtraanz,
去 坐 到 屋檐
去坐妹屋边，

Ranl nuangx nangh dazwaais.
见 妹 坐 纺棉花
见妹在纺纱。

Mengz maz reehwaais daaml reehwaais miz ninz?
你 怎么 纺棉花 接 纺棉花 不 睡
你为何连纺不休息？

Sanc fenz daaml sanc fenz miz xood,
根 柴 接 根 柴 不 断
柴火一根接一根，

Mengz laaul bangz xos longx miz riml?
你 怕 布 放 箱笼 不 满
你怕布匹不满箱？

Hanh haec bix rox mbinl,
赞 给 哥 会 飞
如果哥会飞，

Hanh haec jiml[1] rox byians.
赞 给 哥 会 变
如果哥会变。

Byians banz waauc riangz nul,
变 成 耗子 和 老鼠
变成一只鼠，

① jiml，情哥的另一种称呼。

Ndoonx dinl dul bail ndael.
钻 脚 门 去 里 　　钻从门缝去。

Byians banz waauc riangz yuangz,
变 成 耗 和 羊 　　变成鼠和羊,

Ndoonx dinl xiangz bail ndael.
钻 脚 墙 去 里 　　钻从墙脚去。

Labthamh bix bail xunz,
夜晚 哥 去 玩 　　夜晚哥去玩,

Labthenz dul bail nangh.
黑夜 我们 去 坐 　　黑夜咱去耍。

Gvaih dangz duljos genz,
游 到 朝门 上 　　游到上朝门,

Raanz mengz habt jos genz.
家 你 关 朝门 上 　　你家关朝门。

Xunz dangz duljos lac,
玩 到 朝门 下 　　游到下朝门,

Bix xih saamlxib degt haec mod,
哥 就 三十 交 给 蚂蚁 　　哥拿三十(钱)求蚂蚁,

Rogtxib degt haec nul.
六十 交 给 鼠 　　六十(钱)求老鼠。

Mod bail gaix heensdul,
蚂蚁 去 推 门闩 　　蚂蚁啃门闩,

Nul bail gaix heensdul.
鼠 去 撬 插销 　　老鼠咬门销。

Xoongh saauh jeenl yieh ndoonx,
洞 如同 手臂 也 钻 　　洞如臂也钻,

Xoongh saauh gal yieh ndoonx.
洞 如同 腿 也 钻 　　洞如腿也钻。

Ndoonx lac heens bail ndael,
钻 下 门闩 去 里 　　从门闩下钻,

Banz mazlaez miz ngaaih,
成 啥事 不 使 不管怎么样，

Miz gvas xeel deeuz mingh.
不过 舍 条 命 最多丢性命。

Xeel xih xeel bomh bix,
舍 就 舍 份 哥 死是哥自己，

Hidt xih hidt bomh gvaangl.
教训 就 教训 份 少爷 教训也是我。

Xiangzxingz xibngih soml doc raaih,
城墙 十二 拃 都 爬 城墙十二摆都爬，

Qyaangx daz haaih lac hoz lix yux.
大刀 一 横放 下 脖子 有 情妹 刀架脖子妹来护。

Menz byah saaul xih jih,
这事 离 情妹 就 忌讳 与妹分离是犯忌，

Ndanl byah yux xih jih.
个 离 情妹 就 忌讳 跟妹分离是犯忌。

Labthamh bix bail xunz,
夜晚 哥 去 玩 夜晚哥去玩，

Labthenz dul bail gvaih.
黑夜 我们 去 串 黑夜咱去逛。

Bail gvaih dangz reegtraanz,
去 串 到 屋檐 逛到妹屋边，

Bungz raanz nuangx ganl nyiec yiangz nas.
遇 家 妹 安 吊钩 和 箭 妹家架弓又搭箭。

Xiezlaais mingh bix ndil,
幸好 命 哥 好 幸亏哥命好，

Deel lengc deengl golliz xamxxuah.
它 才 射中 梨树 哗啦 暗箭才射梨树上。

Isnauz mingh bix qyas,
如果 命 哥 恶 如是哥命薄，

Raaix leehdeengl nacbyas gamxgaanz.
真的　射中　眉头　正好　　　　正好准确中头部。

Daail lac raanz maixruangh,
死　下　家　情妹　　　　死在妹家屋檐下，

Daail riangz leg buxlix.
死　和　儿　富人　　　　死为富家女。

Daail banz mingz banz xoh,
死　成　名　成　誉　　　　死得有名声，

Sies bix daail lumc moil lumc raaih.
要　哥　死　像　熊　像　野猪　　　　要是死像野猪和熊。

Noh moil lix deg gaail,
肉　熊　有　好　卖　　　　熊肉可出售，

Raaih doc lix xungs nyingz.
野猪　都　有　枪　瞄　　　　野猪肉值钱。

Daausneex daail lac fengz maixruangh,
这回　死　下　手　情妹　　　　这次死在妹手下，

Ndoongx jaangl rungc maixruangh.
僵　中　怀　情妹　　　　死在妹怀中。

hanh haec bix rox mbinl,
赞　给　哥　会　飞　　　　如果哥会飞，

Hanh haec jiml rox byians.
赞　给　哥　会　变　　　　如果哥会变。

Byians banz deeuz fad yeeux,
变　成　条　带　缠　　　　变成缠腰带，

Yeeux ndaelndaangl saaml bogt,
缠　身上　三　转　　　　缠妹腰三转，

Ndodt gaais hiz riangz haanh.
吸　那　无垢　和　汗水　　　　吸妹身污垢。

Byians banz legnyeez ndingl,
变　成　婴儿　红　　　　变成小婴儿，

Dez bail ninz jaangl rungc.
带 去 睡 中 怀　　睡在妹怀中。

Haec saaul umx bail ninz,
给 情妹 抱 去 睡　　要妹抱去睡，

Lumc mengz haaix laez meeuh.
像 你 打 或 诓　　看你打或诓。

Labthamh bix bail xunz,
夜晚 哥 去 玩　　夜晚哥去玩，

Labthenz dul bail gvaih.
黑夜 我们 去 串　　黑夜咱去逛。

Bail nangh dangz reegtraanz,
去 坐 到 屋檐　　坐到妹屋边，

Bungz raanz mengz xabt raanz lauc.
遇 你 家 预谋 家 酒　　你家筹办酒。

Xabt lauc riangz xabt dengx,
预谋 酒 和 备 棍　　筹备酒和棍，

Xabt lauc bix xih qvaais,
预某 酒 哥 就 让　　办酒哥就让，

Xabt dengx bix xih qvaais.
备 棍 哥 就 让　　备棍哥就让。

doc saaul xuangs saml nagt,
只 情妹 放 心 重　　只要妹放心，

doc nuangx xuangs saml jaiz.
只 妹 放 心 想　　只要妹愿爱。

Dinl lail seeuc maz xoongh,
脚 梯 少 啥 洞　　梯下不少小洞，

Mboongs jiezlaez yieh bail.
凿 哪里 也 去　　钻哪里都去。

Lamx hozsail miz neh,
倒 喉管 不 想　　断喉咙不悔，

Daail hozhaux miz neh.
死　食管　不　想　　断食管不管。

hanh haec bix rox mbinl,
赞　给　哥　会　飞　　如果哥会飞，

Hanh haec jiml rox bians.
赞　给　我　会　变　　如果哥会变。

Byians banz deeuz xah jobt,
变　成　条　绳　斗笠　　变成斗笠绳，

Ndodt gaais hiz riangz haanh.
吸　那　污垢　和　汗水　　吸那垢和汗。

Baanh banz deeuz yianzgongl,
爬　成　条　沙虫　　爬像沙虫样，

Longl haec deeuz mail nuangx.
错　给　条　线　姑娘　　错成妹棉线。

Labthamh bix bail xunz,
夜晚　哥　去　玩　　夜晚哥去玩，

Labthenz dul bail gvaih.
黑夜　我们　去　串　　黑夜咱去逛。

Bail nangh dangz reegtraanz,
去　坐　到　屋檐　　逛到妹屋边，

Roxnyiel mengz xaus deel bail unx,
听见　你　支　他　去　那边　　听到你叫他去那边，

Deel xaus mengz bail unx.
他　支　你　去　那边　　他叫你去那边。

Bix xianlxez dogtxel,
哥　立即　难过　　哥立即难过，

Dul xih deg honl dogt.
我　就　把　魂　掉　　咱就掉了魂。

Daausmal raanz yeeuh honl,
回来　家　叫　魂　　返家即喊魂，

Anx rauz xoml deeuz mingh.
以免 我们 舍 条 命 否则丢条命。

hanh haec bix rox mbinl,
赞 给 哥 会 飞 如果哥会飞，

hanh haec jiml rox byians.
赞 给 我 会 变 如果哥会变。

Byians banz deeuz haanz ramx,
变 成 条 扁担 水 变成挑水担，

Raaixleeh gueh haanz nyamx jaangl mbas.
正好 做 扁担 压 中 肩 扁担正好压肩上。

Byians banz qyas riangz jingl,
变 成 锄头 和 薅锄 变成挖薅锄，

Raaixleeh ndunl riangz mengz gueh rih,
正好 站 和 你 做 地 正好与你同劳动，

Ndunl riangz nuangx gueh rih.
站 和 妹 做 地 跟你同种地。

Labthamh bix bail xunz,
夜晚 哥 去 玩 夜晚哥去玩，

Labthenz dul bail gvaih.
黑夜 我们 去 串 黑夜咱去逛。

Bail gvaih dangz reegtraanz,
去 串 到 屋檐 逛到妹屋边，

Mal raanz nuangx yieh raus.
狗 家 妹 也 叫 妹家狗也叫。

Mal raus bix dezdangx,
狗 叫 哥 停下 狗叫哥就停，

Nuangx xabxax deemc dangl.
妹 慌忙 点 灯 妹急忙点灯。

Qyangl banz bix rox mbaus,
瞧 成 哥 知 否 估计是哥来，

Bix ail nuangx hazhaanl.
哥 咳 妹 响应

哥咳妹响应。

Raanz mengz miz haec haaus,
家 你 不 给 话

你家不许说,

Raanz mengz gaml dinlbeah sagsaux.
你 家 拿 衣下摆 拉扯

家人抓衣角数落。

Qyaux ndanldangs dangz fengz,
抬 凳子 到 手

登子拿在手,

Bix xih gungz bail xoh.
哥 就 不敢 前 往

哥就难见面。

Hanh haec bix rox mbinl,
赞 给 哥 会 飞

如果哥会飞,

Hanh haec jiml rox byians.
赞 给 我 会 变

如果哥会变。

Byians banz mbos ramx xic,
变 成 井 水 紫色

变成紫水井,

Byians banz ric ramx qyaml.
变 成 沟 水 泉

变成暗溪水。

Dez bail xaml dinl rih,
带 去 渗 脚 地

拿去浸地脚,

Haec yuxjis yuxnyaaux bail genl,
给 女友 情妹 去 吃

让情妹去喝,

Raaixleeh ndunl dacxuex riangz ruangh.
正好 站 摆谈 和 妹

有心跟妹来交谈。

Labthamh bix bail xunz,
夜晚 哥 去 玩

夜晚哥去玩,

Labthenz dul bail gvaih.
黑夜 我们 去 串

黑夜咱去逛。

Bail gvaih dangz reegtraanz,
去 串 到 屋檐

逛到妹屋边,

Hamz duezmal raus gag[1].
恨　狗　叫　急　　　　恨狗叫不停。

Dinl fih qyagt xih raus,
脚 未 起 就 叫　　　　没起步就叫,

Raus gueh sanx dazdieh.
叫　做　紧　那样　　　　叫得那样凶。

Mal haec riel deg ndas,
来 给 我 挨 骂　　　　狗让咱挨骂,

Bix damx gvas lac raanz,
哥 只 过 下 家　　　　哥才过坎下,

Is meeh naangz[2] rox ndiabt,
若 母亲 小姐 会 想　　　　如阿妈会想,

Raiz dul deengl goiz meeh.
唤 我们 是 女婿 母亲　　　　说咱是女婿。

Meeh saaul miz rox ndiabt,
母亲 妹 不 会 想　　　　阿妈不会想,

Meeh nuangx miz rox jaiz.
母亲 妹 不 会 想　　　　阿妈不会爱。

Dangz lac lail xih ndas,
到 下 楼梯 就 骂　　　　到阶下就骂,

Ndas nauz duez laez deel?
骂 说 只 哪 他　　　　骂是什么人?

Bix xih xeel xianl xunz miz qyams,
哥 就 丢 时 玩 不 探　　　　哥就冷心不敢探,

Gul xih xeel faanl byaaic miz qyams.
我 就 去 次 走 不 探　　　　我就丢下不去探。

---

① gag,不停地、连续不断地叫。

② naangz,小姐,布依族有一定社会地位家庭中的女子。

Labthamh bix bail xunz,
夜晚 哥 去 玩
夜晚哥去玩，

Labthenz dul bail gvaih.
黑夜 我们 去 串
黑夜咱去逛。

Dinl daz qyagt henc xuaanh,
脚 一 抬 上 石梯
脚刚上晒台，

Dinl daz qyagt henc raanz.
脚 一 抬 上 家
脚刚跨进门。

Raanz xib saadt guc saadt,
家 十 席 九 席
家有八九席，

Saadt buxlaez miz ringx mo meeh?
席 哪个 不 滚 么 母亲
哪席没人睡呀妈？

Raanz xib mbinx guc soiz,
家 十 凉席 九 枕
家有席枕八九个，

Saaul lunz bail laez meeh?
情妹 小 去 哪 母亲
阿妹哪里去呀妈？

Meeh nuangx gvaail waanz gvaail,
母亲 妹 乖 还 乖
阿妈嘴很巧，

Haanl xonzhaaus yianghneex.
答 句话 这样
答话这样说。

Meeh hoc meeh xih gaail lo leg,
母 穷 母 就 卖 啰 儿
妈穷妈嫁女，

Gaail deel deg raanz feax.
卖 她 是 家 别人
嫁她去别家。

Bac riangz nyangy mal raiz,
嫂 和 姑 来 唤
姑嫂已接去，

Ndaix deel bail dogt weangc rih waais.
得 她 去 种 小米 地 棉花
接去棉地种小米。

Bail ndaix doh hoobt byauc xib saaml,
去 得 对 周 丑 十 三
去得对丑十三天，

Bail naanz faanl miz daaus,
去　久　次　不　回　　去久不回来，

Bail gueh baex miz daaus.
去　做　媳妇　不　回　　去当媳妇不回来。

Haaus nauz sul bail yux waanh fad,
话　说　你们　去　情友　换　带子　　话说私奔换腰带，

Haaus nauz sul bail yux waanh ganl.
话　说　你们　去　情友　换　头帕　　话说私奔换头帕。

Dianl laail rauz ndaix saih,
讲　多　我们　得　官司　　话多惹官司，

Haaus nauz sul bail yux waanh ianl.
话　说　你们　去　情友　换　烟　　话说私奔去换烟。

Meeh xianl umx faanh el,
母亲　千　抱　万　背　　妈千抱万背，

Danc leeux hinc leeux beah.
穿　完　裙　完　衣　　烂了裙和衣。

Nyib leeux mbugt leeux ndal,
缝　完　褓褓　完　背带　　做好包巾和背带，

Meanhneex laaux xamxxal,
这时　大　长高　　现已长成人，

Labtdal deeuz xeel meeh.
闭眼　逃　丢　母亲　　闭眼离开妈。

Labthamh bix bail xunz,
夜晚　哥　去　玩　　夜晚哥去玩，

Labthenz dul bail gvaih.
黑夜　我们　去　串　　黑夜咱去逛。

Dinl daz qyagt henc xuaanh,
脚　一　抬　上　石梯　　脚刚上石梯，

Dinl daz qyagt henc raanz.
脚　一　抬　上　家　　脚刚跨进门。

Bilgvas weis[1] mal dangz,

去年 鄙人 来 到 　　去年我来到，

Saaul lix xunz raanz meeh.

情妹 有 玩 家 母亲 　　妹还在娘家。

Bilneex weis mal dangz,

今年 鄙人 来 到 　　今年我来到，

Saaul bail laez me meeh?

情妹 去 哪 （助） 母亲 　　妹去哪儿了妈？

Meeh nuangx gvaail waanz gvaail,

母亲 妹 乖 还 乖 　　阿妈嘴很巧，

Haail xonz ndeeul yianghneex.

开 句 一 这样 　　开头这样说。

Deenh nangh lengc lix rauc,

处 坐 还 有 热 　　座位还在热，

Is mal xaux raaix bungz.

若 来 早 真 遇 　　若早来就遇。

Lunz[2] xaaux bail nyacbanh,

她 刚 去 刚才 　　幺妹她刚走，

Deel xaaux byaaic nyacbanh.

她 刚 走 刚才 　　她刚去不久。

Dangs nauz bail soongl ngonz saaml ngonz xih daaus,

转告 说 去 两 天 三 天 就 回 　　嘱咐去两三天就回，

Maz xih bail gueh naaus yianghdeel?

怎么 就 去 做 久 那样 　　咋就去得那样久？

Songs ngaaiz naz raanz feax,

送 早饭 田 家 别人 　　给别家送午饭，

① weis，是一种谦称，有奴隶、鄙人、我等含义。

② Lunz，幺儿（妹），这里指她，是对小辈亲人的另一种昵称。

Bail qvaxliex qvaxlieh,
去 憨那 傻那　　去得傻又傻，

Bail miz mbeas miz ningl.
去 不 寂寞 不 动　　去了不痛心。

Jiml xaauxraanz genl goons bix,
你 成家 吃 先 哥　　妹先哥成家，

Mengz xaauxeeux goons dul.
你 成家 先 我们　　妹就先立业。

Bix gueh rih gogt raul,
哥 做 地 根 枫香树　　哥在枫树下种地，

Nyiel wenz nauz gvas loh,
听 人 说 过 路　　就听路人说，

Nauz nyaaux bail gvaanl.
说 情妹 闹 去 丈夫　　说妹去夫家。

Bix xih baadtxeel waanl riangz xax,
哥 就 甩掉 斧头 和 柴刀　　哥就丢下斧和刀，

Suax sis wis anl nyianz.
作揖 四 周 恩怨　　求四面恩情。

Duezsianl hee deenhdih,
神仙 啊 土地　　神仙啊祖坟，

Bix xih duez yux doh,
哥 就 情妹 独　　哥是一个人，

Bix lix mens yux ndeeul,
哥 有 小 情妹 一　　哥才一个妹，

Maz xih deeuz bail gvaanl miz dangs?
怎么 就 逃 去 丈夫 不 转告　　咱就成家去不说一声？

Mizneh dangs haec bix,
不用说 转告 给 哥　　不想告诉哥，

Doc mengz dangs haec saaul dul ndael mbaanx.
只 你 转告 给 女友 我们 里 寨　　如你告诉我们寨上妹，

Dangs gaaisbux dungxbaanx reegtraanz.
转告　她们　　相陪　　　屋檐　　　　　　　转告寨中陪伴人。

Nuangx gah waangl bail dangs,
妹　　自　　走　　去　转告　　　　　　　　妹要亲自说也行，

Saaul gah henc bail dangs.
情妹　自　　上　　去　　转告　　　　　　　妹要登门说也成。

Mizneh dangs xonz ndil,
不用说 转告　句　　好　　　　　　　　　　不想说好话，

Doc mengz dangs xonz qyas.
只　　你　　转告　句　　凶　　　　　　　　只要说坏话。

Xaauxeeux lo mbaaus baamz,
成家　　啰　情郎　不懂礼　　　　　　　　我安家了傻哥，

Xaauxraanz lo mbaaus xood.
成家　　啰　情郎　　完　　　　　　　　　我安家了憨哥。

Doc mengz dangs soongl xonz saaml xonz xos langl,
只　　你　　转告　两　　句　　三　　句　放　　后　只要你留两三句话，

Xos saml bix seeuc ruangh.
放　心　哥　少　　愁　　　　　　　　　　哥知道少忧。

WEANL DANGLYUZ
灯 油 歌

Xonz ndeeul yianghnix nauz,
句 一 这样 说
话就这样说，

Mail ndeeul lenh xih banz yianghnix.
线 一 论 就 成 这样
一边说来就这样。

Nad hauxweangc ndeeul jees soongl rauz,
粒 小米 一 数 二 咱
一粒小米数咱俩，

Nad hauxees ndeeul xiangx soongl rauz.
粒 大米 一 养 二 咱
一粒大米养咱俩。

Genl xauz leeux rauz mal dungx nangh,
吃 晚饭 完 咱 来 相 坐
吃过晚饭咱来坐，

Genl xauz duanh rauz mal baaicxuex.
吃 晚饭 断 咱 来 摆谈
吃过晚饭咱聊天。

Jongs buxlaaux baaih ndael byagrig[1],
众 人大 边 内 安静
里面老人请安静，

Jongs buxlaaux baaih ndael byagraih.
众 人大 边 内 寂静
里面老人请寂静。

Jongs buxsuc buxsais myaec gvaauz[2],
众 地主 官人 别 走动
地主官人别走动，

wenz jaucfoonx jauchaaul myaec haaus,
人 黑发 白发 别 话
黑发白发别讲话，

---

① byagrig，下句的 byagraih，指安静、寂静。

② gvaauz，原意是搅，引申为任意走动。

Haz xunz mbaaus[1] xamz saaul[3] hamh nix.
要 玩 哥 玩 妹 晚 今　　今晚情哥情妹要玩。

Hamhnix hamh gecmaz?
今晚 晚 什么　　今晚什么晚？

Hamhnix hamh xib xingz.
今晚 晚 十 城　　今晚十城晚。

Hingz nix hingz xib xih,
营 这 营 十 角　　这营十角营，

Xib xingz dauc roonghndis[2],
十 城 来 星星　　十城有星星，

Xib xih dauc roonghndianl.
十 角 来 月亮　　十角出月亮。

Leeux mbaanx ndoongs roonghndianl,
整 寨 光 月亮　　全寨月亮明，

Leeux luangs dauc roonghndianl,
整 巷 来 月亮　　全巷有月光，

Soongl rauz ruangh degmyiangl[3] buxlaaux.
二 咱 忧 被咒 大人　　咱俩就遭老人咒。

Leeux mbaanx luangs[4] roonghlauz,
全 寨 巷 朦胧　　全寨月朦胧，

Leeux luangs dauc roonghlauz,
全 巷 来 朦胧　　全巷月朦胧，

Soongl rauz ruangh deg nauz buxlaaux.
二 咱 忧 被 说 大人　　咱俩就遭老人说。

Jongs buxlaaux ninzndagt myaec myiangl,
众 大人 睡着 别 诅咒　　睡着老人别诅咒，

---

① mbaaus，男性朋友。saaul，女性朋友。

② roonghndis，星星的别称。

③ degmyiangl，遭诅咒，被祖咒。

④ luangs，寨院、寨巷，寨街。

Jongs buxlaaux ninz sianz myaecndas,
众 大人 睡 齐 别骂 已睡老人别咒骂，

Jongs gaabtdah ninz sianz myaec manc.
众 老人 睡 齐 别 咬牙 已睡老人别记恨。

Myaec manc aul saaul guehsaih①,
别 记恨 要 情妹 打官司 别找情妹打官司，

Myaec gvaih aul saaul guehxaix.
别 巡 要 情妹 麻烦 别来找情妹麻烦。

Wenz buxhoc lumc saaul laaul saih,
人 贫穷 像 情妹 怕 官司 贫穷像妹怕官司，

Wenz buxnais② lumc saaul laaul xaix.
人 小孩 像 情妹 怕 麻烦 农家情妹怕麻烦。

Qyus ndoil mbeas③ gueh maz,
在 闲 闷 做 啥 何必无聊坐，

Mbeas ndoil ndaix gueh maz?
闷 闲 得 做 啥 无聊做什么？

Saaul haz dadt mbaelhaz saanl soc,
情妹 要 断 茅叶 编 鱼具 妹要茅叶编渔具，

Mal rauz lois dugtngox saanl joil.
来 咱 削 篾条 编 挑箩 咱削篾条编挑箩。

Nyoiz gvaanl feax ndanlxel deel luanh,
搅 丈夫 别人 心 他 乱 搅得人夫心里乱，

Xel deel luanh xeel eeux miz saanl,
心 他 乱 丢 粮仓 不 编 让他心乱不编仓，

Xel deel luanh xeel raanz miz xaaux.
心 他 乱 丢 家 不 造 让他心乱不成家。

---

① guehsais, guehxaix，找麻烦，打官司。

② nais，小，有的讲成 nis 或 nees，意义相同。

③ mbeas，闷，寂寞

Eeux miz saanl xos xaaih,
仓 不 编 放 海 仓不编丢海，

Raanz miz xaaux xos xaaih.
家 不 造 放 海 家不建丢海。

Xeel bazdaaih[1] miz aul xos jauc,
丢 大老婆 不 要 放 头 首先丢发妻不要，

Xeel bazdaaih miz qyaux xos genz.
丢 大老婆 不 举 放 上 丢下发妻不尊重。

Xeel dongz gvaangx luangs lac lumc menl,
丢 情哥 逛 院 下 像 妹 让哥逛下院像妹，

Xeel dongz gvaangx luangs genz lumc yux.
丢 情哥 逛 院 上 像 情人 让哥逛上院像妹。

Xeel dongz gvaangx luangs lac lumc yaangz,
丢 情哥 逛 院 下 像 咱 让哥逛下院像咱，

Xeel dongz gvaangx luangs jaangl lumc yux.
丢 情哥 逛 院 中 像 情人 让哥逛中院像妹。

Xeel dongz raanz miz saanl lumc bius,
丢 情哥 家 不 编 像 空 让哥无家就像妹，

Raanz miz xaaux lumc bius,
家 不 造 像 空 家不建如空，

Eeux feangh miz saanl lumc yux.
仓 半 不 编 像 情人 半仓不编像妹。

Nac faangz nac lumc yux,
脸 个 脸 像 情人 个个都像我，

Nac bux nac lumc saaul.
脸 人 脸 像 情妹 人人都像妹。

① bazdaaih，大老婆。

Ndiabt jiez qyol jisdab[1],
想　地　举　千斤枝　　　　想举千斤枝，

Laaul jisdab banz xaz dogt gungx.
怕　千斤枝　成　棵　落　窝　　　　怕千斤枝落窝。

Ndiabt jiez qyol jisjiangc,
想　要　举　白桦枝　　　　想要举桦枝，

Laaul jisjiangc banz xaz dogt dams.
怕　白桦枝　成　丛　落　矮　　　　怕桦树长得矮。

Laaul jisdab bail ramh ronl feaz,
怕　千斤枝　去　挡　路　荒　　　　怕千斤枝挡路，

Laaul jisjiangc bail reeux ronl feaz.
怕　桦枝　去　掺　路　荒　　　　怕桦枝去拦荒路。

Gul haz xiez dongz gaangc lumc leed[2],
我　要　约　情哥　讲　像　趟　　　　我想约哥谈一次，

Gul jiez beed dongz gaangc lumc ndanl.
我　想　摆　情哥　讲　像　个　　　　我想约哥讲一下。

Dogt jiez gaangc xos saml bux bius,
落　地　讲　放　心　人　空　　　　有话讲给光棍心，

Xonz haaus ruangh xos xel legyux.
句　话　忧　放　心　情人　　　　忧话就放情人心。

Gul jaiz xiez legyux doodt maad waaic damz,
我　想　约　情人　脱　袜　淌　塘　　　　我想约妹脱袜走过塘，

Jiez xiez legyux doodt langz waaic dah.
想　约　儿情　脱　绑腿　涉　河　　　　约妹脱绑腿过河。

Laaul deel maad soongl bux dumh dauz,
怕　他　袜　二　人　淹　青苔　　　　就怕袜子沾青苔，

---

[1] jisdab，千斤枝，千斤枝为布依族地区常见的一种草本植物，韧性极高。

[2] leed，趟，次，回。

Legyux nauz bail nauz mos,
情人 说 去 说 新 情人说了说,

Laaul hadtxoh nauz bail nauz nac.
怕 明早 说 去 说 脸 怕明早又说去说来。

Laaul nauz qyas bail soongl mianh lac,
怕 说 恶 去 二 面 下 怕说坏话传两边,

Laaul nauz qyas bail saaml mianh lac,
怕 说 恶 去 三 面 下 怕说坏话传三面,

Laaul nauz qyas bail hac mianh genz.
怕 说 恶 去 五 面 上 怕说坏话传五边。

Laaul nauz jimlndanllux miz lih,
怕 说 金滚珠 没 礼 怕说我情妹失礼,

Nauz honl xoix maixsaaul miz lih,
说 种 位 情妹 没 礼 怕说这情妹失礼,

Nauz saaul ngih ndael beangz miz laix.
说 情妹 二 内 地 没 礼 说这本地妹没理。

Bilnix reengx legjaus miz banz,
今年 旱 桐籽 不 成 今旱桐树不结籽,

Bilnix reengx yuz dangl miz roongh.
今年 旱 油 灯 不 亮 今旱油灯也不亮。

Xaangz yuz soongl xaangz menh,
两 油 二 两 棉 二两棉花换两油,

Xaangz yuz saaml xaangz menh,
两 油 三 两 棉 三两棉花换两油,

Xaangz yuz sis xaangz hac xaangz jiml.
两 油 四 两 五 两 金 两油要四五两金。

Guehweanl jaais yuzxinl jongs boh,
唱歌 浪费 真油 众 父 唱歌费父老灯油,

Guehweanl waaih yuzjiml bux laaux.
唱歌 坏 金油 人 大 唱歌费老人金油。

Xaangz yuz soongl xaangz menh,
两 油 二 两 棉
二两棉才换两油，

Xaangz yuz saaml xaangz menh,
两 油 三 两 棉
三两棉才换两油，

Xaangz yuz sis xaangz hac xaangz nganz.
两 油 四 两 五 两 银
一两油四五两银。

Guehweanl jaais yuz dangl jongs boh,
唱歌 浪费 油 灯 众 父
唱歌费父老灯油，

Guehweanl waaih yuz dangl buxlaaux.
唱歌 坏 油 灯 大人
唱歌费老人灯油。

WEANL NDAANGL DANC
服饰歌

Nac faangz nac lumc yux,
脸　个　脸　像　情人　　　　个个都像我，

Nac bux nac lumc saaul.
脸　人　脸　像　情妹　　　　人人都像妹。

Ramx mbos os diec mbos,
水　井　出　底　井　　　　井水出井底，

Ramx mbos os diec rinl.
水　井　出　底　石　　　　井水出石下。

Haz jaiz genl yieh hoc ndanl dagt,
要　想　吃　也　穷　个　舀　　　　想喝也没瓢舀，

Miz rox qyagt[1] laez dimz ndanl doix.
不　知　滴　啥　填　个　碗　　　　不知要啥放碗里。

Saaul danc moongl jigt nangh gaul dangs,
情妹　穿　灰　懒　坐　角　凳　　　　妹穿灰就懒坐凳角，

Saaul danc roix jigt nangh gaul xoongz.
情妹　穿　烂　懒　坐　角　桌　　　　妹穿烂不坐桌角。

Saaul danc hoc danc moongl jigt nangh,
情妹　穿　穷　穿　灰　懒　坐　　　　妹穿旧穿灰懒坐，

Saaul jigt nangh jigt baanx dongz xamz,
情妹　懒　坐　懒　陪　情哥　玩　　　　妹懒坐懒陪哥玩，

---

① qyagt，有蘸、滴、颗之意，这里指无东西，或东西少。

Saaul jigt nangh jigt yiangz dongz gaangc.
情妹 懒 坐 懒 跟 情哥 讲　　妹懒坐懒跟哥讲。

Bas saauh dees roglaic,
口 像 破 麻雀　　口叫像麻雀，

Bas saauh xaix rogreenz[1].
口 像 过 百灵鸟　　口才胜百灵。

Ndaangl miz lix soongl xeenz waaisjiangh[2],
身 没 有 二 钱 浆棉　　身没二钱棉浆线，

Ndaangl miz lingh soongl xeenz waaisreeux.
身 没 哪 二 钱 木棉　　身没二钱木棉花。

Saaul gueh mbegt miz ndil gueh mbegt,
妹 做 女 不 好 做 女　　妹做女生不好当，

Saaul gueh mbegt miz lix raaihrih[3].
妹 做 女 没 有 地块　　妹当女生没地块。

Saaul siangcmih[4] miz lix raaihnaz,
妹 低贱 没 有 田块　　阿妹低贱没田块，

Saaul siangcmih miz hal ndaangl danc.
妹 低贱 不 配 身 穿　　身贱不配好衣裳。

Idt ndaangl danc miz laail,
一 身 穿 不 多　　一是衣不多，

ngih ndaangl danc miz riangz,
二 身 穿 不 跟　　二是不配衣，

Beangz hoc ndaaix riangzlangl hoc waais.
地 穷 麻 跟后 穷 棉花　　地方没麻没棉花。

Rinl xos baaih legyux miz hal,
石 放 边 情人 不 配　　石块配妹不相称，

---

① rogreenz，百灵鸟，布依族地区称为岩雀，指巧嘴的鸟。

② waaisjiangh，上过浆的棉线。

③ raaihrih，地块。raaihnaz，田块。

④ siangcmih，低贱、掉价、害羞。

Rinl xos baaih dongzqyal[1] miz ndaix.
石 放 边 情哥 不 得 石块配不了情哥。

Rinl xos baaih legyux miz hinl,
石 放 边 情人 不 应 石与情友不相称，

Rinl xos baaih legjiml miz ndaix,
石 放 边 情人 不 得 石块配不上情人，

Rinl xos baaih dongzmenl[2] miz ndaix.
石 放 边 情哥 不 得 石头配不上情哥。

Nac faangz nac lumc yux,
脸 个 脸 像 情人 个个像情人，

Nac bux nac lumc dongz.
脸 人 脸 像 哥 人人像情哥。

Jaiz danc ndil yieh maaic danc ndil,
想 穿 好 也 爱 穿 好 想穿好也爱穿好，

Jaiz danc ndil yieh maaic danc log.
想 穿 好 也 爱 穿 绿 想穿好也爱穿绿。

Jaiz danc log yieh maaic guehdaauz[3],
想 穿 绿 也 爱 淘洗 想穿绿也爱洗涤，

Jaiz danc haaul yieh maaic guehsag.
想 穿 白 也 爱 清洗 想穿白也爱清洗。

Dez bail laangx[4] jieznyas yieh haaul,
拿 去 晾 草地 也 白 拿去草地晒也白，

Dez bail das byaail nyaangc[5] yieh haaul.
拿 去 晒 梢 茅草 也 白 晒在茅草上也白。

---

① dongzqyal，情人、情哥。又有闲哥之意。
② dongzmenl，原义为小情人。这里意为情哥。
③ guehdaauz，淘洗。下句的 guehsag，清洗。
④ laangx，阴晒、晾晒。
⑤ nyaangc，粗大的野茅草。

Ndanl xamz mbaaus xamz saaul[1] miz seeuc,
个 玩 哥 玩 妹 不 少　　穿去玩表不逊色，

Dez bail laangx byaail nyas yieh mbongl,
拿 去 晾 梢 草 也 松软　　拿去草尖晒也松，

Dez bail das byaail nyaangc yieh mbongl,
拿 去 晒 梢 茅草 也 松软　　干草上面晒也软，

Ndanl xamz mbaaus xamz dongz miz seeuc.
个 玩 哥 玩 哥 不 少　　玩表时候不逊色。

Soongl rauz weanl leeux laangc mac hungl,
二 咱 唱 完 首 要 大　　咱俩唱一首要长，

Weanl leeux bus leeux xonz mac hungl,
唱 完 部 完 句 要 大　　唱一句一部要全，

Weanl leeux gus leeux jiez ndaangl danc.
唱 完 时 完 地 身 穿　　唱完整部服饰歌。

Wenz laail gvaih[2] ndaangl danc bail xaiz,
人 多 寻 身 穿 去 全　　别人唱完服饰歌，

Wenz laail gvaih xamzmaiz bail leeux.
人 多 寻 玩耍 去 完　　别人唱完玩耍歌。

Wenzlaail gvaih ndaangl danc bail waaih,
别人 寻 身 穿 去 烂　　别人唱完服饰歌，

Wenzlaail gvaih xonz weanl bail leeux.
别人 寻 句 歌 去 完　　别人已把歌唱完。

Saaul haz qyagt bail genz weanl sadt,
情妹 要 跳 去 上 歌 跳过　　情妹要唱其他歌，

Gul haz qyagt bail baaih weanlbungz.
我 要 跳 去 边 相逢歌　　我要去唱相逢歌。

---

① mbaaus，男友。saaul，女友。

② gvaih，寻，遍地找。

WEANL XAC
等待歌

Baaih buxsaail:
边　男　　　男方：

Buxlaez danc beahbigt mal dangz dinl sos,
谁　穿　蓝衣　来　到　脚　阶　　　谁穿蓝衣来等待，

Danc beahmos mal qyus genz daaiz.
穿　新衣　来　在　上　台　　　谁穿新衣在台上。

Banzmaz liec lumc menl banzraanz qyusyiangh,
为啥　瞧　像　细　成家　模样　　　咋见就像已成家，

Ximl lumc menl banzeeux qyusyiangh.
看　像　细　成家　模样　　　咋见就像有家室。

Buxlaez dangs mengz mal?
谁　叫　你　来　　　是谁叫你来？

Buxlaez haec mengz xunz?
谁　给　你　玩　　　是谁让你玩？

Dangclaez mal dungx bungz daans ruangh,
怎么　来　相　逢　谈　忧　　　咋会来相逢谈心，

Xunz riangz bix daans ruangh.
玩　跟　哥　谈　忧　　　跟哥来谈心。

Baaih legmbegt:
边 女 女方:

Ndiabt dangz bix lengc mal,
想 到 哥 才 来 想到哥才来,

Nyal saauh laez duc damh.
草 像 哪 都 踩 草再多也来。

Neh jaiz riangz goy gaangc xonz xinl,
想 爱 跟 哥 讲 句 真 想来跟哥讲真话,

Jaiz riangz jiml[①] daans ruangh,
爱 跟 你 谈 忧 想跟你谈心,

Jaiz riang bix daans ruangh.
爱 跟 哥 谈 忧 想跟哥谈心。

Baaih buxsaail:
边 男 男方:

Xinlraaix miz xinlraaix,
真的 不 真的 是真不是真,

Xinl xih dax mengz juangh daadt mal xos dengc.
真 就 赌 你 跳 崖 来 放 拐杖 真就过崖来放拐。

Degt dengx byaaic mal rauz,
拄 拐 走 向 咱 拄拐走向咱,

Dax mengz mal gueh baz raanz goy,
赌 你 来 做 妻 家 哥 赌你来做哥的妻,

Dax mengz mal gueh baex raanz goy.
赌 你 来 做 媳 家 哥 赌你来做哥家媳。

① jiml,对对方的一种昵称。

Baaih legmbegt:
边 女　　女方:

Nuangx doc meangh ndaix saamh bil rux,
妹 都 盼 得 三 年 酉　　妹已盼了三酉年,

Meangh ndaix guc bil xiz.
盼 得 九 年 辰　　盼了九辰年。

Ngonzneex ndil xianghweih,
今天 好 相会　　今天来相会,

Bilneex ndaix xiangh weih.
今天 得 相 会　　今年得相会。

Hocrauz dungx doih gvas byaail baanz,
咱们 一 起 过 梢 平路　　我们成双过山梁,

Neh haz bail dangz raanz saec may,
细 要 去 到 家 服侍 妈　　想去哥家服侍妈,

Bail raanz bix saec may.
去 家 哥 服侍 妈　　去哥家服侍妈。

WEANL LIEZ
离别歌

Baaih legmbegt:
边　女　　　　女：

Nac faangz nac lumc yux,
脸　个　脸　像　情人　　　　个个像情人，

Nac bux nac lumc saaul.
脸　人　脸　像　情妹　　　　人人像情妹。

Saaul laaihnauz miz genl byagtmbeeux,
情妹　以为　不　吃　卷叶菜　　　　以为不吃卷叶菜，

Saaul laaihnauz miz gveeux byagtanl.
情妹　以为　不　扭　野芹菜　　　　以为不会扭芹菜。

Rauz dinghnauz miz ranl dongz[①] naaus,
咱　以为　不　见　情哥　永远　　　　以为不会再见到哥，

Geazlaaiz daaus mal ranl hamh nix.
谁知　又　来　见　晚　这　　　　谁知今晚又见到。

Haamhnix bungz dazraaix,
今晚　遇　真的　　　　今晚真的遇情哥，

Henznix xabt dazraaix.
今晚　遇　真的　　　　今夜真的碰情哥。

Xabt legyux ndanlxel xih xinh,
遇　情人　心　就　真　　　　遇到情哥心里暖，

---

① dongz，这里指情哥，男性情友。

Xabt dongz xinh ndanl xel xih rauc.
遇 情哥 聪明 个 心 就 暖　　遇到情哥心高兴，

Xonz nix doodt xos nix,
套 这 脱 放 这　　这套放这里，

Hoodt nix xeel xos nix.
套 这 丢 放 这　　这门丢这里。

Rauz gueh daangh ndeeul bungz xos nix,
咱 做 藤 一 遇 放 这　　咱们相遇在这里，

Ndiabt jiez nix rauz bail jiez mos.
想 地 这 咱 去 地 新　　走过此地走新地。

Dangz jiez bol xih gaangc yiangh bol,
到 地 坡 就 讲 样 坡　　到坡上就讲坡上，

Xonz xazbanh deel rauz miz xuex.
句 刚才 那 咱 不 谈　　刚才的话咱不谈。

Soongl rauz liez dois liez,
二 咱 离 对 离　　咱俩离又离，

Soongl rauz laamz dois laamz①.
二 咱 隔 对 隔　　咱俩隔又隔。

Liez gol manc lac raanz banz ndos,
离 棵 李子 下 家 成 朵　　离得李子开花朵，

Liez gol gaaml lac mbaanx banz ndos,
离 棵 黄果 下 寨 成 朵　　离得黄果开花朵，

Liez gol soh lac mbaanx banz ndanl.
离 棵 泡桐 下 寨 成 个　　离得泡桐挂了果。

Gah banz ndanl gah dogt,
自 成 果 自 落　　自己结果自己落，

Gah banz hogt lianz ruc gah reeus.
自 成 壳 连 冠 自 谢　　自成壳和冠自谢。

---

① laamz，隔，指隔对场，隔一周。

Liez dongz gaangc miz nyiel naanz rauz,
离 情哥 讲 不 听 久 咱　　离久没听哥讲话，

Liez dongz gaus miz ranl dais xaux.
离 情哥 旧 不 见 从 早　　离久没见旧情人。

Liez dongz gaus genl haux miz waanl,
离 情哥 旧 吃 饭 不 香　　久别情哥饭不香，

Liez dongz doh miz waangl dangz nix.
离 情哥 独 不 还 到 此　　离得情哥不到此。

Liez naanz soongl hamh byax,
离 久 二 晚 疏　　久别两晚就陌生，

Liez naanz saaml hamh byax.
离 久 三 晚 疏　　久别三晚就生疏。

Liez naanz banz nac mos,
离 久 成 脸 新　　久别变陌生，

Liez naanz dos xeeuh yiangl[1].
离 久 达 根 香　　久别变生人。

Liez naanz dangc banz mbaanx bux roh,
离 久 立 成 村 人 外　　久别成了外地人，

Liez dongz doh banz wenz beangz feax.
离 情哥 独 成 人 地方 别人　　别哥成了外乡人。

Soongl rauz liez dois liez,
二 咱 离 对 离　　咱俩离又离，

Liez hauxweangc ndeeul soongl xaiz dug[2],
离 小米 一 二 条 穗　　离得小米长双穗，

Liez hauxweangc ndeeul saaml xaiz dug.
离 小米 一 三 条 穗　　离得小米长三穗。

---

① dos xeeuh yiangl，原义为换一根香，意为像换了一根香，像换了一个人似的。

② xaiz dug，都抽薹，即将长成穗，说明离别的时间长。

Liez hauxhugt ndeeul soongl xaiz is[1],
离 玉米 一 二 边 腋　　离得玉米挂两包，

Liez hauxhugt ndeeul saaml xaiz is.
离 玉米 一 三 边 腋　　离得玉米挂三包。

Liez haux rih rauz manx xaiz jiul,
离 谷 地 咱 好 齐 芭茅　　离得地里长芭茅，

Liez legyux ndianlxiangl daih ramx.
离 情人 正月 挑 水　　离情人正月挑水。

Ndianlxiangl lix dungx gaabt,
正月 有 相 交　　正月来相会，

Ndianllaab lix dungx bungz.
腊月 有 相 逢　　腊月才相逢。

Xiangl hauxmuc hauxjungl[2] daangs baaih,
节 嚼饭 橡饭 各 边　　传统节日各不同，

Xiangl dogtwaais rauz genl daangs mbeenx.
节 种棉 咱 吃 各 片　　种棉节咱分片过。

Soongl rauz liez dois liez,
二 咱 离 对 离　　咱俩离又离，

Jiez xunz xiangl rauz dauc nyalngaaih,
地 玩 节 咱 生长 蒿草　　游玩之地长蒿草，

Jiez iadtnaais rauz dauc eemlrauz[3].
地 歇息 咱 生长 芭茅　　歇息之地长芭茅。

Jiez deenh nangh soongl rauz banz faix,
地 点 坐 二 咱 成 树　　咱俩坐处长成树，

Jiez deenh daic soongl rauz banz bingh.
地 点 哭 二 咱 成 病　　离久思念咱生病。

---

① xaiz is，（玉米）挂包。is，腋下，玉米挂在玉米秆的中上位置，向上斜展的叶子像人的手，比喻玉米成熟挂果。

② hauxmuc hauxjungl，两种布依族地区特有的糯食，是新米节的两种代称。

③ eemlrauz，芭茅，又称剑茅。

Liez dongz xinh miz ranl dais xaux,
离 情哥 清醒 没 见 从 早

别哥久不见，

Liez dongz xinh genl haux miz waanl,
离 情哥 清醒 吃 饭 不 香

别哥吃饭都不香，

Liez dongz xinh genl xaz miz lamc.
离 情哥 清醒 吃 茶 不 安

别哥喝茶不安心。

Soongl rauz liez dois liez,
二 咱 离 对 离

咱俩离又离，

Soongl rauz laamz dois laamz.
二 咱 隔 对 隔

咱俩隔又隔。

Liez jeexxiz miz hauc soongl hoobt①,
离 龙场 不 赶 两 对场

离龙场不赶两次，

Liez jeexmauc miz bail soongl hoobt.
离 兔场 不 赶 两 对场

离兔场不赶两回。

Maixsaaul loodt faanl jeex miz bail,
情妹 少 次 场 不 去

情妹少一场不赶，

Deg buxens aul mail mal lox.
被 别人 要 线 来 哄

被别人拿线来哄。

Maixsaaul loodt faanl jeex miz dangz,
情妹 少 次 场 不 到

情妹少一场不到，

Deg buxens aul bangz mal lox.
被 别人 要 布 来 哄

被别人拿布来哄。

Soongl rauz liez dois liez,
二 咱 离 对 离

咱俩离又离，

Liez bas mbos miz bail soongl hadt,
离 口 井 不 去 二 早

离井口不去两早，

Liez bas mbos miz bail saaml hadt,
离 口 井 不 去 三 早

离井口不去三早，

---

① hoobt，一周，七天赶一场的一个对场。

Mbees bail dagt bail daauc miz sianz.
瓢 去 舀 去 倒 不 荡
拿瓢去舀都不荡。

Dianl dangz mengz miz lenh,
念 到 你 不 谈
念到你不谈,

Dianl dangz xoix dongz gvaail miz lenh.
念 到 位 情哥 聪明 不 谈
念到聪明哥不谈。

Xonz nix doodt xos nix,
句 这 灭 放 此
此话搁在此,

Hoodt nix xeel xos nix.
套 此 丢 放 此
此套留在此。

Ndabt xonz nix rauz bail xonz mos,
灭 句 这 咱 去 句 新
此话不提说新的,

Xaz ndosqyas ndeeul soongl daaus heenc,
从 染饭花 一 二 回 黄
一株饭花两次黄,

Xaz ndosqyas ndeeul saaml daaus heenc.
从 染饭花 一 三 回 黄
一株饭花三次黄。

Xaz daanhheenc ndeeul soongl daaus mais,
从 千斤枝 一 二 回 粉红
千斤枝花两次红,

Xaz daanhheenc ndeeul saaml daaus mais,
从 千斤枝 一 三 回 红
千斤枝花三次红,

Xeeuh wenz nais ndeeul soongl daaus yungx,
代 人 小 一 二 回 容
一小辈子两次容,

Xeeuh wenz nais ndeeul saaml daaus yungx.
代 人 小 一 三 回 容
一小辈子三次容。

Bil gvas yungx bil gvas miz nauz,
年 过 容 年 过 不 说
去年容过就不说,

Bil daul yungx bil daul miz jees.
年 前 容 年 前 不 算
前年容过就不算。

Soongl rauz leeh ngonz ndil mal yungx,
二 咱 选 天 好 来 容
咱俩选吉日来容,

Bil gvas yungx mbaelraul,
年 过 容 枫叶 　　去年容枫叶，

Bil daul yungx gecmaz mbaelwaais?
年 前 容 什么 棉花叶 　　前年容什么棉叶？

Soongl rauz ngaail bail bil nix yungx,
二 咱 爱 去 年 这 容 　　咱俩喜爱今年容，

Bilgvas yungx mbaelraul,
去年 容 枫叶 　　去年容枫叶，

Bildaul yungx gecmaz mbaelrod?
前年 容 什么 竹叶 　　前年容什么竹叶？

Soongl rauz lod mal bilnix yungz.
二 咱 偏爱 来 今年 容 　　咱俩偏爱今年容。

Bilgvas yungx bilgvas miz nauz,
去年 容 去年 不 说 　　去年容过就不说，

Soongl rauz ndiabt mal bil nix yungx.
二 咱 想 来 年 这 容 　　咱俩想在今年容。

Legsaail:
男 　　**男：**

Nac faangz nac lumc yux,
脸 个 脸 像 情人 　　个个像情人，

Nac bux nac lumc dongz.
脸 人 脸 像 情哥 　　人人像情哥。

Rauz dungx deed[1] lix waanl lumc lauc,
咱 相 遇 有 香 像 酒 　　咱相遇就香如酒，

Rauz dungx deed lix rauc lumc aail ni me?
咱 相 遇 有 暖 像 甜酒 是 吗 　　咱相遇如甜酒是吗？

① dungx deed，跟上，相遇。

Rauz dungx deed lix gvaail lumc ndux,
咱 相 遇 有 聪明 像 前　　咱还聪明像以前，

Rauz dungx deed lix waanl lumc lauc.
咱 相 遇 有 香 像 酒　　咱相遇就香如酒。

Rauz dungx deed lix rauc lumc fiz,
咱 相 遇 有 暖 像 火　　咱相遇就暖如火，

Rauz dungx deed lix ndil lumc ndux.
咱 相 遇 有 好 如 初　　咱相遇还好如初。

Doodt danc ndil xos ramx lix noonh,
脱 穿 好 放 水 有 红　　脱衣放水水有红，

Doodt danc xic xos hongz lix noonh.
脱 穿 紫 放 潭 有 红　　脱衣放潭潭水红。

Doodt sagdoonh xos dah lix lail,
脱 短裙 放 河 有 流　　脱裙放水水仍流，

Ndanlxel daausbail jaiz mengz ndaix.
心 回去 爱 你 得　　心里依然在爱你。

Doodt sagndil xos ramx lix noonh,
脱 好衣 放 水 有 红　　脱衣放水水变红，

Doodt sag xic xos hongz lix noonh.
脱 衣 紫 在 潭 有 红　　脱衣放漂潭水红。

Doodt sag dood xos dah lix lail,
脱 衣 丢 放 河 有 流　　脱衣丢河水仍流，

Lix xel daausbail jaiz mengz ndaix.
有 心 回去 爱 你 得　　心里还在爱着你。

Doodt sag ndil xos ramx lix noonh,
脱 衣 好 放 水 有 红　　脱衣放水水变红，

Doodt sag ndil xos hongz lix noonh.
脱 衣 好 放 潭 有 红　　脱衣放潭潭水红。

Doodt sagdoonh xos dah lix fuz,
脱 短裙 放 河 有 浮　　脱裙放水裙漂浮，

Ndanlsaml daausbail dez lix ndaix.
心 回去 待 有 得 心里一直等着你。

Legmbegt:
女 女:

Nac faangz nac lumc yux,
脸 个 脸 像 情人 个个像情人,

Nac bux nac lumc saaul.
脸 人 脸 像 情妹 人人像情妹。

Doodt sagndil xos ramx lix noonh,
脱 衣好 放 水 有 红 脱衣放水水变红,

Doodt sagndil xos hongz lix noonh.
脱 衣好 放 潭 有 红 脱衣放潭潭水红。

Doodt sag xuangs xos dah yieh lail,
脱 衣 放 下 河 也 流 脱衣放河水仍流,

Xuangs xel daausmal jaiz yieh ndaix.
放 心 回来 爱 也 得 回心转意爱也得。

Doodt sagndil xos ramx yieh noonh,
脱 衣好 放 水 也 红 脱衣放水水变红,

Doodt sagxic① xos hongz yieh noonh.
脱 紫裳 放 潭 也 红 脱衣放潭水也红。

Doodt sagdoonh xos dah yieh fuz,
脱 短裙 放 河 也 浮 脱裙放水裙会浮,

Xuangs xel daausmal dez lix ndaix.
放 心 回来 带 有 得 回心转意跟你得。

Lix needt lumc lix needt,
有 紧 像 有 紧 紧是依然紧,

① sag xic,紫色衣物。下句的 sagdoonh,洗的裙子。

Lix needt lumc diec dongc.
有 紧 像 底盘 桶
紧像桶底盘。

Lix songx lumc haaizbangz,
有 凸起 像 布鞋
凸起像布鞋，

Lix banz lumc bildaul bilgvas,
有 成 像 前年 去年
仍像前年和去年，

Lix banz lumc gec xeeus genl ianl nyiadt ndux.
有 成 像 那 根 抽 烟 季 初
仍像当初抽烟时。

Lix needt lumc lix needt ndia[1],
有 紧 像 有 紧 呀
紧还是紧呀，

Lix needt lumc diec dongc.
有 紧 像 底盘 桶
紧像桶底盘。

Lix songx lumc haaizsil,
有 凸起 像 丝鞋
仍凸像丝鞋，

Lix ndil lumc bildaul bilgvas ndia,
有 好 像 前年 去年 呀
仍好像去年和前年呀，

Banz lumc xeeus genl ianl meanhndux.
成 像 根 吃 烟 从前
仍像当初抽烟时。

Laaul legyux miz saml lengc gaanh,
怕 情友 没 心 才 断
怕情友无心才断，

Laaul legdongz miz yungx lengc gaanh.
怕 情哥 没 容 才 断
怕情友无情才断。

Nac faangz nac lumc yux,
脸 个 脸 像 情人
个个像情人，

Nac faangz nac lumc saaul.
脸 人 脸 像 情妹
人人像情妹。

Legjiel lix xac legjiel,
松子 有 等 松子
松子还等松子，

① ndia，呀，语气词，不标调。下同。

Legjiel lix xac legjaus.
松子 有 等 桐籽

松子在等桐籽。

Ndos haux xauh ndos liz,
花 谷 漂亮 花 梨

谷花赛梨花，

Gul lix xac yux ndil gueh guh.
我 有 等 情人 好 做 双

我还等情人成双。

Legjiel lix xac legjiel,
松子 有 等 松子

松子在等松子，

Legjiel lix xac legjaus.
松子 有 等 桐籽

松子在等桐籽。

Ndos haux xauh ndos faaiz[①],
花 谷 漂亮 花 楠竹

谷花赛楠花，

Gul lix xac dongz gvaail gueh guh.
我 有 等 情哥 聪明 做 双

我还等情哥成双。

Legsaail:
男

男：

Nac faangz nac lumc yux,
脸 个 脸 像 情人

个个像情人，

Nac bux nac lumc dongz.
脸 人 脸 像 情哥

人人像情哥。

Dongz yanq weadt deeuz ronl nix laaux,
情哥 愿 砍 条 路 这 大

哥愿扩大这条路，

Dongz yanq xaaux deeuz ronl nix gvaangs,
情哥 愿 造 条 路 这 宽

哥愿拓宽这条路，

Haec deel laangh bail doc dinl xiangz.
给 它 宽 去 抵 脚 墙

让它宽到抵墙脚。

① ndos faaiz，楠竹花。

Legmbegt:
女

女:

Nac faangz nac lumc yux,
脸 个 脸 像 情人
个个像情人,

Nac bux nac lumc saaul.
脸 脸 脸 像 情妹
人人像情妹。

Mengz yianq damc hoonlros ndeeul jangz,
你 愿 织 织辊 一 搁
你愿搁织辊不织,

Mengz yianq damc hoonllangz① ndeeul gaanh.
你 愿 织 绑辊 一 中断
你愿那绑辊中断。

Saaul② lix waangh jeexmauc xac yaangz,
情妹 有 还 兔场 等 你
妹还在兔场等你,

Saaul lix waangh jeexsanl xac yux,
情妹 有 搭 猴场 等 情人
我还坐猴场等你,

Saaul lix waangh jeexmauc xac menl,
情妹 有 搭 兔场 等 情人
我闲逛兔场等你,

Saaul lix waangh Boldungl③ xac yux.
情妹 有 搭 播东 等 情人
妹在播东寨等哥。

Dongz yianq weadt goleeml banz jax,
情哥 愿 砍 剑茅 成 孤
哥愿砍剑茅④成孤,

Dongz yianq gac goleeml banz maais.
情哥 愿 杀 剑茅 成 寡
哥愿杀剑茅守寡。

Dongz yianq aais meeuz eeux xamz yaangz miz me?
情哥 愿 褪 季 粮仓 玩 妹 不 呢
哥愿舍家跟妹玩不呢?

Dongz yianq aais meeuz raanz xamz yux miz lee?
情哥 愿 褪 季 家 玩 情人 不 嘞
哥愿丢家与妹玩不嘞?

---

① hoonl langz,纺车上纺织绑腿的织辊。
② saaul,在情歌中指女方、女青年,可作为女青年的自称。
③ Boldungl,地名,望谟县边饶镇播东寨。
④ 剑茅,也叫芭茅,都是一丛一丛的生长,这里是比喻的说法。

Dongz yianq aais meeuz eeux xamz gunl,
情哥 愿 褪 季 粮仓 玩 光棍　　哥愿舍家跟妹玩，

Dongz yianq aais meeuz gul xamz yux.
情哥 愿 褪 季 我 玩 情人　　哥愿丢我与妹玩。

Miz yianq dab miz yianq mo yux?
不 愿 又 不 愿 （助）情人　　愿不愿意呀哥？

Miz yianq dauc miz yianq mo ruangh[1]?
不 愿 又 不 愿 （助） 友　　愿不愿意呀友？

Legsaail:
男　　男：

Nac faangz nac lumc yux,
脸 个 脸 像 情人　　个个像情人，

Nac bux nac lumc dongz.
脸 人 脸 像 情哥　　人人像情哥。

Dongz yianq logt golbiz[2] dangz rah,
情哥 愿 拔 肥树 到 根　　哥愿连根拔大树，

Dongz yianq logt golmah dangz gol.
情哥 愿 拔 妈树 到 棵　　哥愿拔整棵老树。

Dongz yianq qyol meeh yux gueh daais,
情哥 愿 举 妈 情人 做 外婆　　哥愿敬妹妈当岳母，

Baais boh yux gueh dal.
拜 父 情人 做 外公　　拜妹爹当岳父。

Dongz yianq yeeuh bixdaaih gueh lungz,
情哥 愿 叫 大哥 做 大舅　　愿叫妹哥做大舅，

Dongz yianq yeeuh nuangxlunz gueh nax.
情哥 愿 叫 幺弟 做 小舅　　愿叫妹弟做小舅。

---

① ruangh，忧愁的意思。在这里，ruangh 作为昵称。

② golbiz，一种不知名的树，树皮肥厚。下句的 golmah，一种不知名的树，树皮皱纹很多，就像老妈妈的脸。

Legmbegt:
女

女:

Nac faangz nac lumc yux,
脸 个 脸 像 情人
个个像情人,

Nac bux nac lumc saaul.
脸 人 脸 像 情妹
人人像情妹。

Xonz nix ndabt xos nix,
句 这 灭 放 这
这句丢在此,

Haaus nix xeel xos nix.
话 这 丢 放 这
此话丢在此。

Ndabt xonz nix rauz bail xonz mos,
灭 句 这 咱 去 句 新
不说这句说新句,

Neh dangz xonz laez gaangc xonz laez,
想 到 句 哪 讲 句 哪
想到哪句讲哪句,

Xonz xazbanh deel rauz miz xuex.
句 刚才 那 咱 不 谈
刚才那句咱不谈。

Ndicnyiel dab ndicnyiel lo yux,
倾听 又 倾听 咯 情人
认真听吧情人,

Ndicnyiel dauc ndicnyiel lo ruangh.
倾听 再 倾听 咯 忧
认真听吧情哥哥。

Gogtsil dab gogtsil,
可惜 又 可惜
可惜又可惜,

Gogtsil jianh bangz haaul diec longx,
可惜 捆 布 白 底 竹篋
可惜篋底那白布,

Gogtsil jianh bangz foonx diec siangl,
可惜 捆 布 黑 底 箱
可惜箱底那黑布,

Gogtsil yux ndanl beangz byongl os.
可惜 情人 个 地方 抬 出
可惜有人拿它出。

Bilnix gaaul xoongz doh,
今年 摆 桌 独 今年摆一桌,

Bilmos baaiz xoongz sel[1],
明年 摆 桌 书 明年摆书桌,

Bilmos baaiz xoongz sal.
明年 摆 桌 纸 明年摆纸桌。

Xel dongz gaangc saaml byaz sis luanh[2],
心 情哥 讲 三 糊 四 乱 哥想讲三胡四乱,

Xel saaul gaangc saaml byaz sis luanh.
心 情妹 讲 三 糊 四 乱 妹想讲三胡四乱。

Dogt dongz nangh hongz lux,
落 情哥 坐 潭 柳 该哥坐柳潭,

Dongz miz nangh hongz lux,
情哥 不 坐 潭 柳 哥不坐柳潭。

Dogt yux nangh hongz yeeul[3],
落 情人 坐 潭 绿 该哥坐绿潭,

Yux miz nangh hongz yeeul.
情人 不 坐 潭 绿 哥不坐绿潭。

Saaul leehmeangh ndosyeeul miz hoh,
情妹 还盼 绿色花 没 节 妹想绿花没有节,

Ndosyeeul dauc banz hoh.
绿花 来 成 节 绿花就成节。

Saaul leehmeangh ndosos miz xaz,
情妹 还盼 花朵 没 丛 妹盼花朵不成丛,

Ndosos dauc banz xaz.
花朵 生长 成 丛 花朵长成丛。

---

① xoongz sel,书桌。下句的 xoongz sal,纸桌,也指书桌。
② saaml byaz sis luanh,意为呼天唤地,三胡四乱。
③ hongz yeeul,泛绿的深水潭。

Saaul leehmeangh ndos wal miz jis,
情妹　还盼　朵　花　没　枝　　妹想花朵没有枝，

Ndos wal dauc nac xiangz banz jis.
朵　花　生长　脸　墙　成　枝　　花朵在墙上长枝。

Xonz gaangc hadt rauz ji,
句　讲　早　咱　呢　　咱早讲的呢，

Xonz gaangc hamh rauz jee.
句　讲　晚　咱　呢　　咱晚讲的呢。

Xonz gaangc bius gaangc waaul,
句　讲　没有　讲　空　　那些空洞话，

Xonz gaangc byaaul baaihroh.
句　讲　消失　外面　　讲在外消失。

Xonz gaangc doh fal heenl[1],
句　讲　块　篱　隔　　讲那隔离笆，

Xonz gaangc ndeenl rih waais.
句　讲　边　地　棉花　　讲在棉地边。

Xonz gaangc naais gaangc hoc soongl rauz,
句　讲　累　讲　穷　二　咱　　咱俩只讲累和穷，

Xonz gaangc donghnaz raul naz reengx.
句　讲　田坝　枫树　田　旱　　那讲枫树田的话。

Xonz dongz bail laez lix?
句　情哥　去　哪　有　　哥话哪里有？

Xonz yux bail laez fih?
句　情人　去　哪　没　　哥话说了没？

Mengz lumz gul miz lumz,
你　忘　我　不　忘　　你忘我不忘，

Mengz lumz gul miz wis.
你　忘　我　不　负义　　你忘我不负义。

---

① doh fal heenl，一堵间隔的篱笆。

Gul lix jis ndeeul dal bangz heenc,
我 有 枝 一 眼 布 黄色　　我有一些黄色布，

Gul lix deenc ndeeul dal bangz dauh.
我 有 点 一 眼 布 灰色　　我有一点灰色布。

Xonz haaus gaus haec yux miz lumz ha,
句 话 旧 给 情人 没 忘 啊　　原先情话没忘啊，

Xonz haaus jiangh dongz hungl miz jiamc.
句 话 犟 情哥 大 不 收藏　　情哥犟话我不记。

Gul lix jiamc haec mas dangz siangl,
我 有 藏 给 果 到 箱　　我要藏至果满箱，

Gul lix jiamc haec fens dongz ngih,
我 有 藏 给 份 情哥 二　　我要为情哥收藏，

Gul lix jis haec fens dongz xix.
我 有 寄 给 份 情哥 好　　我要珍藏哥的爱。

Mengz lumz gul miz lumz,
你 忘 我 不 忘　　你忘我不忘，

Mengz lumz gul miz wis.
你 忘 我 不 负义　　你忘我不负义。

Gul lix jis xos gaanc jobtxic,
我 有 寄 放 杆 紫笠　　我还寄在紫笠杆，

Gul lix jis xos ndanl jobtjaangs.
我 有 寄 放 个 陀螺笠　　我还寄在陀螺笠。

Ndanl jobtxic lengc laangh dangz mbenl,
个 紫笠 才 宽 到 天　　紫笠才会宽到天，

Ndanl jobtjaangs lengc doongc dangz mbenl,
个 陀螺笠 才 抵 到 天　　陀螺笠才顶到天，

Gul benc meangh dongz menl gueh guh,
我 本 盼 情哥 精细 做 双　　我盼与哥成一双，

Gul benc neh dongz menl xaauxeeux.
我 本 想 情哥 精细 成家　　我盼与哥成一家。

Mengz lumz gul miz lumz,
你 忘 我 不 忘 　　你忘我不忘，

Mengz lumz gul miz wis.
你 忘 我 不 负义 　　你忘我不负义。

Haec gul lumz mengz yux,
给 我 忘 你 情人 　　要我忘记你，

Haec gul wis mengz menl.
给 我 负义 你 你 　　要我负于你。

Ndaadt baangx bol dumh bol,
阳光 旁 坡 淹 坡 　　阳光照满坡，

Ndaadt baangx bol byiangh xamx,
阳光 旁 坡 坪 凉 　　阳光照凉坪，

Ndaadt baangx bol byiangh lail①.
阳光 旁 坡 坪 流 　　阳光照平坝。

Mail jeexbyauc wenz laail benc os,
线 牛场 人 多 本 出 　　牛场本有棉线卖，

Udt deeuz mingh lengc doc mengz menl,
弯 条 命 才 踢 你 你 　　丢命才会忘记你，

Udt deeuz mingh lengc lumz mengz yux.
弯 条 命 才 忘 你 情人 　　丢命才会忘你情。

Haec gul lumz mengz yux,
给 我 忘 你 情人 　　让我忘记你，

Haec yux wis mengz menl.
给 情人 负 你 哥 　　让妹负于你。

Ndaadt baangx bol dumh bol,
阳光 旁 坡 淹 坡 　　阳光照满坡，

Ndaadt baangx bol dumh xamx,
阳光 旁 坡 淹 凉 　　照坡照凉处，

① bol byiangh lail，坡上的坝子。

Ndaadt baangx bol dumh lail.
阳光 旁 坡 淹 台阶 阳光照台阶。

Mail jeexbyauc wenzlaail benc os,
线 牛场 别人 本 出 牛场棉线本有卖，

Udt deeuz yaangh① lengc doc mengz menl,
弯 条 样 才 踢 你 你 模样弯曲才忘记，

Udt deeuz yaangh lengc lumz mengz yux.
弯 条 样 才 忘 你 情人 模样弯曲才忘情。

Xonz nix doodt xos nix,
句 这 脱 放 这 此话落在此，

Hoodt nix xeel xos nix.
套 这 丢 放 这 此套丢在此。

Qyoodt xonz nix rauz bail xonz mos,
抽 句 这 咱 去 句 新 抽出此句唱新歌，

Xonz miz xieh xih haamc xonz ndeeul,
句 不 信 就 跨 句 一 哪句不真丢哪句，

Xonz xazbanh rauz dianl miz xuex.
句 刚才 咱 念 不 谈 刚才那句咱不谈。

Ndicnyiel dab ndicnyiel lo yux,
倾听 又 倾听 咯 友 认真听吧友，

Ndicnyiel dauc ndicnyiel lo ruangh.
倾听 再 倾听 咯 友 再认真听吧友。

Jisdaauz qyus riangz daauz,
桃枝 在 跟 桃 桃枝连桃子，

Haaul sazmbubt② riangz jis.
白 花开 跟 枝 花开在枝头。

---

① udt deeuz yaangh，弯曲生命，用“卷曲入殓”来指死亡。
② haaul sazmbubt，洁白而且盛开。

Leg feax qyus raanz feax,
儿 别 在 家 别 　　人子在人家，

Leg feax his miz his,
儿 别 忧 不 忧 　　人子忧不忧，

Gec gul his leg feax haz daail.
那 我 忧 儿 别 要 死 　　我却担忧别人儿。

Gogt byaail rox banz yaangz qyusyiangh?
根 梢 知 成 样 啥样 　　头尾会是啥模样？

Haec saaul ruangh xeel haux miz genl,
给 情妹 忧 丢 饭 不 吃 　　让妹忧得饭不吃，

Haec saaul ruangh xeel ringz miz ndunx.
给 情妹 忧 丢 午饭 不 吞 　　让妹丢午饭不吃。

Haux miz genl noh magt,
饭 不 吃 肉 暗 　　不吃饭脸色暗，

Byagt miz genl noh heenc.
菜 不 吃 肉 黄 　　不吃菜面色黄。

Noh saaul heenc lumc luangz,
肉 情妹 黄 像 铜 　　妹脸黄如铜，

Noh saaul heenc lumc bangz.
肉 情妹 黄 像 布 　　妹脸黄如布。

Jacdoil[①] lamx gogt saul banz bingh,
假装 倒 根 柱 成 病 　　假装倒柱脚生病，

Jaiz saaul xinh dol laail banz nix.
爱 情妹 清醒 多 多 成 这 　　想哥太多就如此。

Bix miz reeh faangz doz,
嫂 不 知 鬼 缠 　　嫂不知鬼缠，

Meeh miz rox faangz doz.
妈 不 知 鬼 缠 　　妈不知鬼缠。

① Jacdoil，借口，假装。

Doodt jongs beah lac hoz bail iangx,
脱 件 衣 下 颈 去 占卜　　拿着衣服去占卜，

Nyamc mail xos faangz genz miz gvax[1],
咬 线 放 鬼 上 不 盘旋　　占那上方鬼不动[2]，

Nyamc mail xos faangz lac miz bil.
咬 线 放 鬼 下 不 摆　　占那下方鬼不摆。

Xos dongzyux xih bil lizrings,
放 情人 就 摆 叮当　　放情人就响叮当，

Xos dongzxinh xih bil rizruaanc.
放 情妹 就 摆 大幅　　放情人就大摆动。

Jaiz yux laail rimlrenh,
爱 情人 多 满分　　爱多就满分，

Jaiz yux laail rimlraih.
爱 情人 多 满额　　爱多就满额。

Jaiz dongz nois banz jais rogxeeul,
爱 情友 少 成 蛋 画眉　　爱少就成画眉蛋，

Jaiz dongz nois banz seengl rabreemx.
爱 情友 少 成 病 隐约　　爱少小病就不断。

Nac faangz nac lumc yux,
脸 个 脸 像 友　　个个都像友，

Nac bux nac lumc saaul.
脸 人 脸 像 情妹　　人人都像妹。

Xel jaiz yux xih joonc lumc raz,
心 爱 情人 就 拢 像 芝麻　　爱情人像拢芝麻，

---

① 鹞鹰盘旋，此指摇摆。下句的 bil，摆动。bil rizrings rizruaanc，大幅摆动而且有铃声似的响声。

② 占卜时，用一根线掉着铃当，当占卜提到相应的鬼时，铃当会摆动，反之不动。这是迷信的做法。

Xel jaiz yux lumc naz basmbos.
心 爱 情人 像 田 井口　　　　爱情人像井边田。

Qyus basmbos miz genl ramxxamx,
在 井口 不 喝 凉水　　　　在井边不喝凉水，

Ndanlxel ngamx miz suans guehhoongl.
心 笨 不 算 干活　　　　脑袋笨不想干活。

Ndanlxel xinh miz xuax guehhoongl,
心 清醒 不 张罗 干活　　　　脑灵也不想干活，

Lab ngonz suans mal rooml haaus gaangc.
每 天 算 来 聚 话 讲　　　　每天刮肚找话讲。

Ndanlxel qvax miz suans guehnaz,
心 傻 不 算 种田　　　　人傻不打算犁田，

Ndanlxel xinh miz xuax guehnaz,
心 清醒 不 张罗 种田　　　　脑灵也不想犁田，

Lab ngonz suans mal ral xonz gaangc.
每 天 算 来 找 句 讲　　　　每天打算找话讲。

Bas miz jaiz miz jaiz,
口 不 爱 不 爱　　　　口虽说不爱，

Xel jaiz yux lumc moonl xos gvih,
心 爱 情人 像 闷 在 柜　　　　爱人如物闷在柜，

Jaiz dongz xinh lumc mogt xos siangl.
爱 情人 清醒 像 埋 放 箱　　　　爱人像物埋箱里。

Jaiz dongz xinh lumc xongc ndeeul dez,
爱 情人 清醒 像 样 一 拿　　　　爱人就像拿东西，

Jaiz dongz xinh lumc feaz xos ros.
爱 情人 清醒 像 筘 放 经纱　　　　爱人像筘放经纱。

Jaiz dongz doh lumc liangc byaaic ronl,
爱 情人 独 像 伞 走 路　　　　爱个人如伞走路，

Jaiz dongz doh lumc ganl genz jauc.
爱 情人 独 像 帕 上 头　　　　爱个人如头上帕。

Ganl genz jauc lix doodt mal roil,
帕 上 头 有 脱 来 梳　　头帕会脱来梳头，

Ganl genz jauc dox rumz lix doodt.
帕 上 头 托 风 有 脱　　头帕遭风会脱落。

Loodt beeh soml miz ndaix,
少 如 拃 不 得　　少一拃不行，

Longl beeh baans miz ndaix.
错 如 半拃 不 得　　错半拃不行。

Jaiz mengz xunc ndanl jobt ndeeul ndiangx,
爱 你 当 个 笠 一 挂　　爱你如同挂斗笠，

Jaiz mengz xunc ndanl liangc ndeeul gaangl.
爱 你 当 个 伞 一 撑　　爱你如同撑把伞。

Jaiz dongz xunc meeuz gvaanl riangz mingh,
爱 情人 当 季 夫 跟 命　　爱你当夫命相连，

Jaiz dongz dis meeuz gvaanl legyux.
爱 情人 替 季 夫 情人　　爱你顶替情妹夫。

Bas miz jaiz miz jaiz,
口 不 爱 不 爱　　嘴上说不爱，

Jaiz legyux dol meeh raanz gul.
爱 情人 多 妈 家 我　　爱你胜过我的妈。

Jaiz dongz roh dol bix raanz gul,
爱 情人 外 多 兄 家 我　　爱外人也胜亲哥，

Xel jaiz bix dol rul dabt beah.
心 爱 哥 多 钮 扣 衣　　爱哥胜过钮扣衣。

Rul dabt beah gec maz lix laaix?
钮 扣 衣 个 啥 有 擦过　　扣衣怎么会交叉？

Jaiz dongz xinh dol ndaaix sams haaiz,
爱 情哥 清醒 多 麻 纳 鞋　　爱哥如同麻纳鞋，

Xel jaiz yux haz daail haz daaus.
心 爱 情人 要 死 要 回　　爱情人要死要活。

Jaiz jiml aul lumc roomc nyumx eengl,
爱 情人 要 像 靛 染 缸　　爱就要像染布靛，

Jaiz legyux lumc nganz diz gonh.
爱 情人 像 银 打 镯　　爱人就像打镯银。

Nganz diz gonh xih ndaix xos jeenl,
银 打 镯 就 得 放 臂　　打镯银得放手臂，

Xel jaiz bix benc beengz dol naih.
心 爱 哥 本 贵 多 些　　爱哥本是更珍贵。

Jaiz bohmeeh gul jaiz rabreemx,
爱 父母 我 爱 隐约　　爱父母都有隐约，

Jaiz bixnuangx gul jaiz iaml
爱 兄弟 我 爱 隐藏.　　爱我兄弟有隐藏。

Xel jaiz yux xih jeedt xel dol,
心 爱 情人 就 痛 心 多　　爱情人就更痛心，

Jaiz lumc maanh riangz guel deg dungx.
爱 像 辣 和 盐 闹 肚　　爱像辣和盐闹肚。

Guel dogt dungx lix xez gah saans,
盐 闹 肚 有 时 只 散　　盐闹肚都有时散，

Maanh dogt dungx lix xez gah lail.
辣 闹 肚 有 时 只 流　　辣闹肚都有时消。

Gul banz maz bail jaiz mengz qvax,
我 成 啥 去 爱 你 傻　　我咋爱你那么傻，

Xel dangc maz bail gvax mengz laail,
心 为 啥 去 盘旋 你 多　　心咋缠你那么多，

Laaul ngonz liangh saaul daail riangz yux.
怕 天 哪 情妹 死 跟 情人　　怕妹哪天为你死。

Xel dangc laez bail jaiz mengz qvax
心 为 啥 去 爱 你 傻，　　心咋爱你那么傻，

Xel dangc laez bail gvax mengz dol
心 为 啥 去 盘旋 你 多，　　心咋缠你那么多，

Laaul ngonz liangh gons hoz riangz yux
怕 天 哪 断 喉 跟 情人.
怕会为你断喉咙。

Xonz nix doodt xos nix,
句 这 脱 放 这
这话放在此，

Hoodt nix xeel xos nix.
套 这 丢 放 这
这套丢在此。

Ndabt xonz nix rauz bail xonz mos,
灭 句 这 咱 去 句 新
不唱这句唱新歌，

Xonz laez soh xih gaangc xonz laez,
句 哪 直 说 讲 句 哪
哪句直就唱哪句，

Xonz xazbanh deel rauz miz xuex.
句 刚才 那 咱 不 谈
刚才那句咱不谈。

Ndicnyiel dab ndicnyiel lo yux,
倾听 又 倾听 咯 友
听了又听吧友，

Ndicnyiel dauc ndicnyiel lo ruangh.
倾听 再 倾听 咯 忧
听了又听吧友。

Lab ngonz jis qyus eeux,
每 天 友 在 仓
每天友在屋，

Lab ngonz yux qyus raanz.
每 天 友 在 家
每天友在家。

Dal saaul heeus bail mbenl bigtjamx,
眼 情妹 瞧 去 天 天蓝
妹看天是天蓝色，

Dal saaul heeus bail ramx raaizwal①,
眼 情妹 瞧 去 水 花纹
妹见水面起波纹，

Dal saaul liec bail gal raaizweeh.
眼 情妹 看 去 那 画面
妹见哪都有画面。

Lix xibbeedt xibguc gol raul,
有 十八 十九 棵 枫树
有那十八九棵枫，

① raaizwal，画画。下句的 raaizweeh，画面。

Gol ndeeul lix xaz gaul ndeeul doh.
棵　一　有 丛 藤　一　独
一树有一藤缠绕。

Lix mbaanx roh ndeeul fuq,
有　寨　外　一　护
有外寨呵护，

Lix luangs beangz ndeeul fuq.
有　村　寨　一　护
有村寨呵护。

Miz lumc ramx byaail bol jaangl dah,
不　像　水　梢　坡　中　河
不像山顶的河水，

Miz lumc mas riangz manc byaail bol.
不　像　果　跟　李　梢　坡
不像山顶的果子。

Ndanlxel nauh banzlumc nyiec xos duez,
心　烂　像　草　放　黄牛
心情糟如喂牛草，

Ndanlxel nauh lumc guel xos ramx.
心　烂　像　盐　放　水
心情糟如盐放水。

Ndanlxel nauh banz nyiec xos waaiz,
心　烂　成　草　放　水牛
心情糟如水牛草，

Ndanlxel nauh banz haaiz xaanz danc①.
心　烂　成　剩　旧鞋
心情糟如那旧鞋。

Mingh nyal xabt jaangl nyal,
命　草　遇　中　草
草命遇草丛，

Mingh nyal xabt jaangl xaz onlnyaanz.
命　草　遇　中　丛　阎王刺
草命遇那阎王刺。

Ramc baaih laez yieh onl,
砍　哪　边　也　刺
砍哪边都是刺，

Soongl ngonz ramc miz nauh,
二　天　像　不　烂
两天砍不烂，

Saaml ngonz ramc miz daail.
三　天　像　不　死
三天砍不死。

① xaanz danc，穿过的鞋，指旧鞋。

Gueh wenz baanx wenz laail dangz ruangh,
做 人 陪 人 多 到 忧 　　忧愁为人陪伙伴，

Naail leg yux dangz ruangh,
招呼 儿 情 到 忧 　　忧心喊情人，

Miz haec myianh dongz gvaail dogt sais[1].
不 给 面 情哥 聪明 落 官 　　不让情哥遭丢官。

Leg yux qvax jings qvax,
儿 情 傻 又 傻 　　情妹傻又傻，

Gueh wenz qvax dangz ruangh.
做 人 傻 到 忧 　　是个愁傻子。

Mingh dongz ndil jings ndil,
命 情哥 好 又 好 　　哥命好又好，

Mingh dongz ndil jigt gaangc.
命 情哥 好 懒 讲 　　命好不想讲。

Mingh saaul qyas jings qyas,
命 情妹 坏 又 坏 　　妹命差又差，

Mingh saaul qyas xih qyus jicjil ngamxngamx[2].
命 情妹 恶 就 在 怄气 阴沉沉 　　命差就私下怄气。

Guehnyaus hongz ramx his,
怄气 潭 水 忧 　　怄气忧水边，

Guehnyaus bis mal hongz ramx daic,
怄气 跑 来 潭 水 哭 　　怄气就到水边哭，

Guehnyaus bismal hongz ramx ngvaaih[3],
怄气 来 潭 水 瞌睡 　　怄气水边打瞌睡，

Guehnyaus ngaail mal hongz ramx daic.
怄气 爱 来 潭 水 哭 　　怄气爱到水边哭。

---

① dogt sais，落官，即官落，被撤职。

② jicjil ngamxngamx，沉默地生气。

③ ngvaaih，摇摆，也指打瞌睡。

Nac faangz nac lumc yux,
脸 个 脸 像 情人

个个像情人，

Nac bux nac lumc saaul.
脸 人 脸 像 情妹

人人像情妹。

Dal haaul laic benc haaul,
眼 白 珠 本 白

白眼珠本白，

Dal haaul laic benc haaul jizjaadt.
眼 白 珠 本 白 苍白

白眼眼珠本苍白。

Ndiabt banz jic xib yaangh,
想 成 几 十 样

想成几十样，

Genl jil naih miz faangz laez baanx,
吃 气 些 没 鬼 哪 陪

受气点也没人知，

Maixsaaul dis leeux mbaanx genl qiq,
情妹 替 全 寨 吃 气

情妹替全寨受气，

Maixsaaul baanx leeux luangs genl qiq.
情妹 陪 全 院 吃 气

情妹陪全寨受气。

Saaul genl qiq miz gvaais gec mengz,
情妹 吃 气 不 怪 个 你

情妹受气不怪你，

Maixsaaul ruangh lumz gaangc xos mengz.
情妹 忧 忘 讲 放 你

妹忧就是没喊你。

Fal nyungs xih ngaaih xuaaic,
篱 乱 就 常 倾斜

篱乱易倾斜，

Ndaaix nyungs miz ndil lij.
麻 乱 不 容易 整理

麻乱不易理。

Maixsaaul ruangh naanz bil daaus qyus,
情妹 忧 久 年 来 在

妹忧多年来相会，

Maixsaaul ruangh naanz ngonz daaus joonc.
情妹 忧 久 天 来 聚

妹忧多天来相聚。

Ruangh banz qval banz qvangx[1] diec hongz,
忧 成 恍 成 惚 底 潭

忧愁惶恐在水底，

Maixsaaul ruangh banz byaail miz dih.
情妹 忧 成 梢 不 密

情妹忧愁心不稳。

Maixsaaul qvax jings qvax,
情妹 傻 又 傻

情妹傻又傻，

Qvax dol goongc faixsoh xag waail,
傻 多 弯曲 泡桐 堵 坝

傻如用泡桐树堵坝，

Ruangh dol nyis faixlux xag waail.
忧 多 枝 柳树 堵 坝

傻如用柳枝堵坝。

Ndanl daail joonc mal saaul gahlingh,
个 死 聚 来 情妹 全部

该死的都聚妹身上，

Ndanl daail lings mal saaul gueh leeux.
个 死 倾 来 情妹 做 完

该死的都拢妹身上。

Ndanl raanz roh bius diec,
个 家 漏 没 底

屋漏没有底，

Ndanl eeux roh bius saul.
个 仓 漏 没 柱

仓漏没有柱。

Ndanl yiez roh lix rogt saul daux,
个 库 漏 有 六 柱 撑

库漏还有六柱撑，

Ndanl xaangl roh lix haux qyus ndael.
个 库 漏 有 谷 在 内

库漏还有粮食在。

Maixsaaul nyaaux ruangh miz sael miz seeus,
情妹 吵闹 忧 不 清 不 楚

情妹忧得不清楚，

Daail dogtbas aaus jiez laez miz guanj.
死 干脆 丢 地 哪 不 管

死后随便丢何处。

Daail bas dah bas rongc,
死 口 河 口 洞坑

死在河口坑口，

① qvangx，忧愁又惶恐不安。

Daail bas rongc boldungl.
死 口 坑 播东
死在播东洞。

Daail xih leeux deeuz mingh,
死 就 完 条 命
死就丢条命，

Maixsaaul xinh daz daail xih leeux.
情妹 清醒 一 死 就 完
聪明妹一死就完。

Bux lix ruez daez ruez,
人 有 船 守 船
有船人守船，

Bux lix suaz daez suaz,
人 有 筏 守 筏
有筏人守筏，

Fens legyux miz maz daez rih.
份 情人 没 啥 守 地
情妹没啥就守地。

Laail lix meeh aul meeh gueh xinl,
别人 有 妈 要 妈 做 真
别人有妈妈当亲，

Laail lix bix aul bix gueh xinl.
别人 有 哥 要 哥 做 真
别人有哥哥当亲。

Maixsaaul nyaaux aul dongz gueh manh,
情妹 吵闹 要 情哥 做 稳
情妹要哥做依靠，

Maixsaaul xinh aul dongz gueh wenj.
情妹 清醒 要 情哥 做 稳
情妹要哥才稳。

Aul mengz xunc bohmeeh ndeeul ndil,
要 你 当 父母 一 好
要你当作好父母，

Aul mengz dis bixnuangx ndeeul ndil.
要 你 替 兄弟 一 好
要你当作好兄长。

Aul xunc bix ndeeul daangl jauc dah,
要 当 哥 一 挡 头 河
要当哥哥挡河头，

Aul xunc bix ndeeul hah ramxroongz,
要 当 哥 一 挡 水洪
要当哥哥挡洪水，

Aul xunc boh ndeeul rooml xeenz haec.
要 当 父 一 攒 钱 给
要当父亲攒钱给。

Aul xunc bix ndeeul daangl jauc dah,
要 当 哥 一 挡 头 河
要当哥来挡河头，

Aul xunc bix ndeeul hah ramx waail,
要 当 哥 一 挡 水 坝
要当哥来挡坝水，

Aul xunc meeh ndeeul xaaiz haec danc.
要 当 妈 一 裁 给 穿
要当妈来帮裁衣。

Nac faangz nac lumc yux,
脸 个 脸 像 情人
个个像情人，

Nac bux nac lumc saaul.
脸 人 脸 像 情妹
人人像情妹。

Miz banz yaangh jibt rais,
不 成 样 捡 栗
不像捡板栗，

Miz banz yaangh jibt jungl.
不 成 样 捡 青冈籽
不像捡那青冈籽。

Gul aul daauc jic joongs mengz neenh,
我 要 倒 几 箩 你 瞧
我倒几箩给你看，

Nyiangl jic ndongx mengz neenh.
散 几 簸 你 瞧
散几簸你看。

Mengz ranl juangh mal lac mbixmbooml[①],
你 见 跳 来 下 成帮
你见倒下来成堆，

Mengz lengc rox xeeuh wenz gul ruangh,
你 才 知 辈 人 我 忧
你才知我此生忧，

Mengz lengc neh xeeuh wenz gul yis.
你 才 想 辈 人 我 愁
你才知我此生愁。

Miz banz yaangh jibt rais,
不 成 样 捡 栗
不像捡板栗，

Miz banz yaangh jibt jungl,
不 成 样 捡 青冈籽
不像捡那青冈籽。

① mbixmbooml，成群结队地往下落的样子

Gul miz daauc xos jongs mengz neenh,
我 不 倒 放 箩 你 瞧

我不倒竹箩你看，

Nyiangl xos ndongx mengz neenh.
散 放 簸 你 瞧

散放簸你瞧。

Mengz leenh deel mal lac mbixmbooml,
你 瞧 它 来 下 成帮

你见倒下就成堆，

Mengz miz rox xeeuh wenz gul ruangh,
你 不 知 辈 人 我 忧

你不知我此生忧，

Mengz miz meangh xeeuh wenz gul daic.
你 不 盼 辈 人 我 哭

你不盼我此生哭。

Jic nac ramx jic joonc mal biangh,
几 脸 水 几 聚 来 坪

几方水都流入坪，

Jic jiez wenl jic daauc mal biangh.
几 地 雨 都 下 来 坪

几方雨都流入坪。

Xibngih yiangh doc daauc mal yaangz,
十二 样 都 倒 来 咱

十二种都找到咱，

Xibngih yiangh doc waangl mal yux.
十二 样 都 还 来 情人

十二种都找到我。

Joonc mal yaangz mbaanx roh,
聚 来 咱 寨 外

聚在外寨人，

Waangl mal yux mbaanx roh,
还 来 情人 寨 外

找到外寨人，

Mal gec myianh maixsaaul gah daic.
来 那 面 情妹 自 哭

都让情妹自己哭。

Gul yieh yis dol mbaanx,
我 也 忧 多 寨

我忧比人多，

Gul yieh yis dol beangz.
我 也 忧 多 地方

我忧地方多。

Gul yieh yis dol beangz dol dih[1],
我 也 忧 多 地方 多 天下　　　我忧多于天和地，

Gul yieh yis dol beangz dol feax.
我 也 忧 多 地方 多 别人　　　我忧更比别人多。

Ndilreeul dab ndilreeul,
好笑 又 好笑　　　好笑又好笑，

Ndilreeul dazsaaux wenl[2] jauc lueh.
好笑 成竿 雨 头 村　　　好笑湾头竹排雨。

Wenl dazsaaux jauc lueh,
雨 成竿 头 村　　　竹排雨湾头，

Luangz mal damc[3] jauc jeeuz.
龙 来 抵 头 桥　　　龙来抵桥头。

Ndilreeul jimlndanllux xaangh suans,
好笑 金滚珠 会 算　　　好笑金元宝会算，

Ndilreeul xoix dongz gvaail xaangh suans.
好笑 位 情哥 聪明 会 算　　　好笑聪明哥会算。

Doc mengz doc ndanl ruangh gul ndil,
若 你 踢 个 忧 我 好　　　若你剔除我忧愁，

Doc mengz yih ndagt yis gul ndil,
若 你 解 个 愁 我 好　　　若你能解我忧愁，

Bail gueh weis naanz bil miz guanj.
去 做 奴隶 久 年 不 管　　　去当长工也不管。

Doc mengz doc ndanl ruangh gul banz,
若 你 踢 个 忧 我 成　　　若你剔除我的忧，

Doc mengz wis ndanl ruangh gul banz,
若 你 簸 个 愁 我 成　　　若你簸除我的愁，

---

① dih，地，这里指天下。

② dazsaaux wenl，状如排竿式的雨。

③ damc，用角刺袭。

Bail gueh weis naanz ngonz miz guanj.
去 做 奴隶 久 天 不 管　　去当长工也不管。

Nac faangz nac lumc yux,
脸 个 脸 像 情人　　个个像情人,

Nac bux nac lumc saaul.
脸 人 脸 像 情妹　　人人像情妹。

Xel saaul yis lumc gol dez rumz,
心 情妹 忧 像 棵 受 风　　妹心忧像树遭风,

Gol dez rumz lix wenl dauc badt,
棵 受 风 有 雨 来 扫　　树遭风和雨来扫,

Gol dez rumz lix wenl dauc byos.
棵 受 风 有 雨 来 喷　　树遭风和雨来喷。

Xel saaul ruangh lumc dos aul qyuangl①,
心 情妹 忧 像 蚂蜂 要 饵　　妹心忧像蜂采虫,

Xel saaul ruangh lumc diangz aul ndaais.
心 情妹 忧 像 蜜蜂 要 花　　妹心忧像蜂采花。

Aul fih ndaix mengz naais,
要 没 得 你 累　　没要得就累,

Jic ndos wal jic ndaix bail binl.
几 朵 花 几 得 去 爬　　每朵花都得去爬。

Xeel haec xoix saaul menl gah ruangh,
丢 给 位 情妹 精细 自 忧　　让你情妹自己忧,

Xeel legyux gah ruangh,
丢 儿情 自 忧　　让情友自愁,

Xeel haec mianh maixsaaul gah daic.
丢 给 面 情妹 自 哭　　让那情妹自己哭。

Is gul byians dab byians,
若 我 变 又 变　　假如我会变,

① dos aul qyuangl,马蜂采集树脂或昆虫。

Is gul byians banz mail soongl gongz,
若我 变 成 线 二 线圈 　　若我变成两圈线，

Is gul byians banz mail saaml gongz,
若我 变 成 线 三 成圈 　　若我变成三圈线，

Is gul byians banz maix raanz dongz,
若我 变 成 妹 家 情哥 　　若我变成哥家妹，

Ngonz deel jimlndanllux miz ruangh,
天 那 金滚珠 不 忧 　　那天情妹就不愁，

Ngonz deel xoix maixsaaul miz ruangh,
天 那 位 情妹 不 忧 　　那天情妹就不忧，

Ngonz deel mianh maix saaul miz daic.
天 那 面 情 妹 不 哭 　　那天情妹就不哭。

Gul miz byians doc byians,
我 不 变 都 变 　　我不变都变，

Gul miz byians banz mail soongl gongz,
我 不 变 成 线 二 线圈 　　我不变成两圈线，

Gul miz byians banz mail saaml gongz,
我 不 变 成 线 三 线圈 　　我不变成三圈线，

Gul miz byians banz meangx ramx dogt[1].
我 不 变 成 网 水 落 　　我不变成瀑布网。

Ngonz deel jimlndanllux lengc ruangh,
天 那 金滚珠 才 忧 　　那天情妹才会愁，

Ngonz deel xoix maixsaaul lengc ruangh,
天 那 位 情妹 才 忧 　　那天情妹才会忧，

Ngonz deel myianh maixsaaul lengc daic.
天 那 面 情妹 才 哭 　　那天情妹才会哭。

Ndanl xel yux haec wenz ruangh naaus,
个 心 情人 给 人 忧 永远 　　哥心让妹永远愁，

① meangx ramx dogt，瀑布下撒网，意为网住情人的心。

Ndanl xel mbaaus haec wenz ruangh ndax.
个 心 情哥 给 人 忧 空　　哥心让妹永远忧。

Dal liec ndoil liec ndoil,
眼 瞧 空 瞧 空　　眼见空又空，

Yaangl bux liec duezmoil byaail faix.
样 人 瞧 个熊 梢 树　　就像瞧那树上熊。

Dal gul ranl mengz ndoil byas jeemh,
眼 我 瞅 你 空 巅 垭口　　空见你在那垭口，

Ndaix neenh miz ndaix aul,
得 瞧 不 得 要　　得见得不到，

Yaangl bux neenh dueznga uz ndael ramx.
样 人 瞧 影子 内 水　　如同看那水中影。

Beaz haec bol lac mbaanx dis nah,
白 给 坡 下 寨 替 獭　　白白帮了寨脚獭，

Beaz haec may lac lauz dis waaul,
白 给 妈 下 楼 替 空　　楼下阿妈白帮忙，

Beaz haec bux gais haaul dis yeeuh,
白 给 公 鸡 白 替 鹞　　大白公鸡白帮鹞，

Beaz gueh xeeuh wenz ndil haec feax.
白 做 辈 人 好 给 别人　　白让好人给别人。

Is banz rinl xih ndaix dab xuaanh,
若 成 石 就 得 砌 台　　若是石头能砌台，

Damx miz banz dab xuaanh,
但 不 成 砌 台　　但不能砌台，

Joz deg myiangl deg hamz feax laangs.
遭 到 咒 遭 恨 别人 空　　白白遭到人咒恨。

Miz gueh daangh maz aul mengz ndaix?
不 做 怎么 啥 要 你 得　　不知怎么得到你？

Dal gul neenh mengz ndoil lo faix,
眼 我 瞧 你 空 咯 树　　我眼白见你咯树，

Dal gul ranl mengz ndoil lo naamh.
眼 我 瞅 你 空 咯 土　　我眼白望你咯土。

Dal ranl rinl miz ndaix degtxuaanh①,
眼 见 石 不 得 砌台　　见石不得用砌台，

Dal ranl yaangh miz ndaix degtmaanz,
眼 见 样 不 得 交往　　看见模样不交往，

Dal ranl yaangh miz xonz xaangh gaangc.
眼 见 样 不 句 会 讲　　眼见不得好话讲。

Dal ranl rinl miz ndaix degtxuaanh,
眼 见 石 不 得 砌台　　见石不得用砌台，

Dal ranl yaangh miz ndaix xamz genl,
眼 见 样 不 得 玩 吃　　眼见却不成相好，

Dal ranl yaangh miz inl xamh danc.
眼 见 样 不 感觉 同 穿　　眼见却不共吃穿。

Dal gul neenh mengz ndoil lo faix,
眼 我 瞧 你 空 咯 树　　我眼白见你咯树，

Dal gul ranl mengz ndoil lo naamh.
眼 我 瞅 你 空 咯 土　　我眼白望你咯土。

Dal gul ximl mengz ndoil ndax ndax,
眼 我 看 你 闲 空 空　　我就白白看见你，

Miz gueh daangh maz aul mengz ndaix.
不 做 藤 啥 要 你 得　　不知怎么得到你。

① degtxuaanh，坐在晒台上。下句的 degtmaanz，原义为争抢情人，这里指交往。

WEANL JAIZ
喜爱歌

Baaih buxsaail:
边　男　　　　男：

Xel daz ndiabt dangz nuangx,
心 一 想 到 妹　　　　心一想到妹，

Bix daz neh dangz gvaail.
哥 一 想 到 乖　　　　心一想到乖。

Goy lengc ramc faixfaaiz gueh mbangs[①],
哥 才 砍 楠竹 做 筒　　　　哥才砍楠竹做筒，

Goy lengc ranh gec hoh faixgonl.
哥 才 锯 个 节 丹竹　　　　哥才锯那丹竹节。

Haec deel bail saec xonz soongl baaih,
给 它 去 服侍 句 二 边　　　　让它传话给双方，

Saec xonz gaangc soongl baaih.
服侍 句 讲 二 边　　　　传语给双方。

Xonz haaus raaih deeuz mail,
句 话 沿 条 线　　　　话语沿线走，

Ans aul nuangx dal mbail[②] gueh guh,
定 要 妹 眼 单 做 双　　　　定要单眼妹成双，

① mbangs，竹筒。布依族青年男女在谈恋爱玩耍时，在两节竹筒中间用线连接，作为对歌或讲悄悄话的工具，类似后来出现的有线电话。

② dal mbail，眼皮薄，即单眼皮。

Aul gec jeec saaml feax[1] gueh guh.
要 那 姐 三 别人 做 双　　定要妹成双。

Baaih maixbengt:
边 女　　**女:**

Mengz xil mbangs rod laez mbangs bauz,
你 是 筒 金竹 或 筒 毛竹　　筒是金竹或毛竹,

Mail gaul laez mail waais.
线 藤 或 线 棉　　线是藤条或棉线。

Mail gaul nuangx yieh maaic,
线 藤 妹 也 想　　藤条妹也想,

Mail waais nuangx yieh jaiz.
线 棉 妹 也 爱　　棉线妹也爱。

Gul haz gaangc xamz maiz riangz goy,
我 要 讲 玩 乐 跟 哥　　我要与哥讲玩乐,

Gueh xamz xuex riangz goy.
做 玩 摆 跟 哥　　与哥说玩耍。

Baaih buxsaail:
边 男　　**男:**

Gec goy miz deengl gaangc xamz maiz xih qyies,
个 哥 不 是 讲 玩 乐 就 完　　哥不是讲玩乐就完,

Miz deengl dies xonz haaus xih yaez.
不 是 放 句 话 就 停　　不是说句话就停。

Gul haz aul bail raanz saec meeh,
我 想 要 去 家 服侍 妈　　哥还要你服侍妈,

Bix haz aul bail eeux saec meeh.
哥 想 要 去 仓 服侍 妈　　要你进屋服侍妈。

① jeec saaml feax,他三姐,对女方的另一称呼。

Baaih maixmbegt:
边　女
女：

Xinlraaix miz xinlraaix?
真的　不　真的
是真不是真？

Xinl xih nuangx yuans[①] byaaic.
真　就　妹　愿　走
是真妹愿走。

Maaic xih nuangx yuans bail,
爱　就　妹　愿　去
爱就妹愿去，

Riangz gec bix dal mbail gueh guh,
跟　个　哥　眼　单　做　双
与那单眼哥成双，

Gul haz bail riangz bix gueh guh.
我　要　去　跟　哥　成　双
我要去跟哥成双。

Soongl baaih wenl:
二　边　歌
合唱：

Soongl rauz ndaix soongl raul,
二　咱　得　二　咱
咱俩得咱俩，

Gueh raanz xos byaail bauz doc ndaix.
做　家　放　梢　毛竹　都　得
安家在竹梢都行。

Xos byaail faix miz ningl[②],
放　梢　树　不　晃
立树梢不晃，

Gueh raanz dangc genz rinl doc manh.
做　家　立　上　石　都　牢
家建石头上都牢。

① yuans，有的用 yianq，愿意。
② ningl，晃动，颤动。

WEANL RUANGH
相 思 歌

Bix yieh gah qyus gah luzlangx,
哥 也 自 在 自 痴呆　　阿哥独处心发乱，

Gah dangx gah luzliz.
自 停 自 呆傻　　独处心发呆。

Hamh mauc riangz hamh xiz,
夜晚 卯 和 夜晚 辰　　卯晚跟辰晚，

Neh dangz saaul xih leez,
想 到 情妹 就 跑　　想情妹就跑，

Neh dangz nuangx xih leez.
想 到 妹 就 跑　　想起妹就跑。

Bix xih lamxlanh ndiabt dangz mengz,
哥 就 瞬间 想 到 你　　阿哥突然想起你，

Doix haux aans jaangl xoongz.
碗 饭 淹 中 桌　　饭碗丢桌上。

goongz dungx jeedt nac meeh,
哼 肚疼 面前 母　　对妈说肚痛，

Meeh miz rox losnauz faangz doz,
母亲 不知 以为 鬼 捉弄　　阿妈以为鬼作弄，

Doodt jongsbeah lac hoz bail iangx.
脱 衣服 下 脖子 去 占卜　　拿衣服去占卜。

Daz idt xos deenh dih,
第 一 放 地基 坟地　　第一先占坟地，

Daz ngih xos deenh raanz,
第 二 放 地基 家　　　　第二占屋基，

Daz saaml xos bausyah,
第 三 放 祖宗　　　　第三占祖宗，

Daz sis daz hac xos duezyux dalmbail.
第 四 第 五 放 情妹 秀目　　　　第四第五占情妹。

Mail jaangl sanz siehsieh,
线 中 分 抖微微　　　　手中吊线颤微微，

Meeh gueh iangx mal dangz.
母亲 做 占卜 来 到　　　　阿妈占卜后归来。

Boh hams ndaix faangz maz?
父 问 得 鬼 啥　　　　爸问什么鬼？

Meeh xih haanl yiangh neex,
母亲 就 答 这 样　　　　阿妈这样答，

Isnauz duezfaangz doz,
如说 鬼 捉弄　　　　如果是鬼作弄，

fengz gaml yiangl bail daauh.
手 拿 香 去 喊　　　　手拿香许愿。

Gaaisneex wenz doz wenz,
这个 人 捉弄 人　　　　这是人弄人，

Jingz xeeus ianl bail daauh.
请 支 烟 去 喊　　　　点烟去许愿。

Daauh mengz xos gogt riz haangx mbaanx,
喊 你 放 根 榕树 脚 寨　　　　许在寨脚榕树下，

Daauh nuangx xos gogt ndail dinl sianl.
喊 妹 放 根 柿子树 脚 园　　　　许在园边柿树下。

Mal genl ianl lo ruangh,
来 吃 烟 罗 妹　　　　来抽烟吧忧，

Jauc jeedt haec bix ndil.
头痛 给 哥 好　　　　让哥头不痛。

Luzliz haec bix saans,
呆傻 给 哥 散
让哥头晕散，

Nad haanh haec bix xaml.
颗 汗 给 哥 沉
汗珠让哥消。

Gueh sanhneex dal ranl xih ies,
做 这些 眼 见 就 算
做这些眼见就行，

Riangz bux mbaanx xih ies.
跟 人 寨 就 算
寨上人知道就罢。

Lamxlanh ndiabt dangz mengz,
瞬间 想 到 你
突然想起你，

Aul fenz lamx diehweah,
要 柴 倒 青冈林
砍柴晕倒青冈树下，

Famxfeah lamx diehsuml.
突然 倒 化香树丛
突然晕倒化香丛。

Ndunl laangxgaanh mal raanz miz ndaix,
站 栏杆 来 家 不 得
扶着栏杆难进屋，

Jauc neh dies soiz miz ndaix.
头 想 搁 枕头 不 得
头靠枕不得。

Soongl fengz gval mog homs miz ndaix,
两 手 拉 棉被 盖 不 得
双手拉被盖不行，

Banzseengl gabt banz fuz,
打摆子 并 成 浮肿
打摆兼浮肿①，

Homc dez dal os wal.
倒 连 眼 冒 火星
跌倒眼睛花。

Lumcgaais xieh baangxric daail dungz,
像个 野芭蕉 沟边 折磨
就像野蕉沟边枯，

Rumz faad bail eeux daaus.
风 刮 去 刮 来
风刮去折来。

① 打摆子，方言，发烧；有的地方指麻风病。

Lumcgaais xaaus ramx baaih genz fiz,
像个 锅 水 边 上 火

就像火上一锅水，

Ndiabt mengz laail yieh ruangh,
想 你 多 也 愁

想你多也愁。

Lumcgaais xaaus ramx baaih genz jiangz,
像个 锅 水 边 上 三脚

像三脚架上一锅水，

Riangz mengz laail yieh ruangh,
跟 你 多 也 愁

想你多也忧，

Riangz gvaail qvax yieh ruangh.
跟 你 傻 也 愁

想你多也愁。

Lamxlanh ndiabt dangz mengz,
瞬间 想 到 你

突然想起你，

Haux xos bas banz mbal.
饭 放 嘴 成 粑粑

口中饭成粑。

Byal xos baanz banz ndos,
鱼 放 盘 成 骨

盘中鱼成骨，

Deh xos mbos banz wal liangzlux.
筷子 放 筒 成 花 相思

筷子变成相思草。

Ndunx nad haux banz jic gaais yiangh,
吞 粒 饭 成 几 个 样

一粒饭有几种味，

Yaangh ndeeul ndunx miz rongz.
样 一 吞 不 下

一样是吞不下。

Ndunx naaiz hes haz daail,
吞 口水 干 要 死

口水都难咽，

Haux daamh diangz yieh byos.
饭 泡 糖 也 喷

糖水泡饭都呕出。

Noh gais xaauc hauleanl,
肉 鸡 炒 熏臭

鸡肉吃了有熏臭，

Nauz dangz luanl[1] ndil noih,
说 到 你 好 些　　谈起你就好一些，

Dianl dangz nuangx ndil noih.
念 到 妹 好 些　　说到妹就好一些。

Lamxlanh ndiabt dangz nuangx,
瞬间 想 到 妹　　突然想起你，

Soongl dinl diab waaisgongl miz waaix.
两 脚 踩 弹的棉花 不 抓　　双脚踩棉不抓。

Haamc sanc nyuz miz gvas,
跨 根 谷草 不 过　　谷草跨不过，

Waaic sos dah yieh fuz.
涉 处 河 也 浮　　过河也漂浮。

Ruz mbansdinl haz gaanh,
扶 脚跟 不了　　站不稳脚跟，

Ruz dinl byaaic haz gaanh.
扶 脚 走 不了　　迈步走都难。

Lamxlanh ndiabt dangz mengz,
瞬间 想 到 你　　突然想起你，

Soongl dinl diab golmungz miz lamx.
两 脚 踩 野芋 不 倒　　双脚踩野芋不倒。

Soongl dinl diab mbosramx miz sianz,
两 脚 踩 水井 不 波纹　　双脚踩水不动荡，

Diab jidt haux miz lons.
踩 穗 谷 不 落　　踩穗把不落。

Ndaangl bix doms jamxjul,
身体 哥 垮 很快　　哥身已虚脱，

Hamz ndaangl bix gah doms.
恨 身 哥 自 垮　　恨身体自垮。

---

① luanl，你的昵称。

Doms sez wenl daz saaux,
埪 像 雨 抽 竹竿 　　埪如竹排雨，

Laaux sanh wenl sis nguad.
大 像 雨 四 月 　　大如四月雨。

Wenl sis nguad dogt byax,
雨 四 月 落 稀 　　四月雨水稀，

Wenl hac nguad dogt mbaangl,
雨 五 月 落 稀薄 　　五月雨水薄，

Ramxdal waangl dogt dol.
泪水 横 落 多 　　泪水下更多。

Bix xih neh dangz riel,
哥 就 想 到 你 　　阿哥想到你，

Ramx jas nyiel jas xaaih.
水 冲 江 冲 洋 　　水淹江和洋。

Baaih genz jas Donghgaix①,
边 上 冲 东岩 　　上边冲岩脚，

Baaih lac jas Mauxrinl.
边 下 冲 石头山 　　下边冲老屯。

Jas gaais mauxdingcjiml② gueh byiangh,
冲 那 山金鼎 做 平 　　金鼎山上全淹平，

Ramx bail dumh hongzraul,
水 去 淹 枫香潭 　　水淹枫香潭，

Ramx bail aul diehdumh.
水 去 要 草莓丛 　　水毁野苞丛。

Dumh faixndogt hoh laail,
淹 刺竹 节 多 　　淹了刺竹林，

---

① Donghgai，东街；Mauxrinl，老屯，均是望谟县王母街道平绕村境内的地名。
② maux dingcjiml，金鼎山，山名，系望谟县城边的一座山。

Dumh faixfaaiz hoh ndaaux.
淹　楠竹　节　长　　淹了楠竹林。

Dumh logt laaux bux nazhes,
淹　水车　大　人　干田　　冲毁旱田的水车，

Aans logt laaux bux xeeh.
漫　水车　大　人　屯上　　淹到屯上大水车。

Soongl dinl diab gol mungz miz lamx,
两　脚　踩　棵　野芋　不　倒　　双脚踩野芋不倒，

Diab jidt hauxsianl deel miz lons.
踩　穗　粳稻　它　不　落　　踩粳稻穗不落。

Bohmeeh ruz yieh doms,
父母　扶　也　跨　　父母扶也垮，

Bixnuangx dez yieh laaul.
哥弟　带　也　怕　　兄弟扶也倒。

Bausaaul dez beencguh,
叔伯　带　棺材　　叔伯忙备棺木，

Dez beencguh rongz xaiz.
带　棺材　下　齐　　棺木已备好。

Bix ndiabt dangz nuangx dalmbail lengc daaus,
哥　想　到　妹　秀目　才　转　　可是想到妹才回，

Bix lengc xinh daausmal.
哥　才　醒　转来　　哥才醒转来。

Miz ndaix faix yiezdal byah ruangh,
不　得　树　遮眼　别　妹　　没装棺材别了妹，

Miz ndaix sal yieznac byah ruangh.
不　得　纸　遮脸　别　妹　　没纸盖脸别了妹。

Lamxlanh ndiabt dangz mengz,
瞬间　想　到　你　　突然想起你，

Aul fenz lamx diehweah,
要　柴　到　青冈树丛　　砍柴倒树下，

Famxfeah lamx diehsuml.
突然　　倒　化香树丛　　　　　　突然倒在化香丛脚。

Hamz gaais nyis bizfungl mal ramh,
恨　那　枝　叶子　来　遮　　　　只恨那枝叶遮挡，

Jachamh jaiz gaangc dams miz ndaix,
晚上　想　讲　低　不　得　　　　夜想说话也不行，

Jachadt jaiz gaangc saangl miz ndaix.
早上　想　讲　高　不　得　　　　早上想讲话不行。

Saaul qyus genz lauz wangc,
情妹　在　上　楼　探听　　　　　妹在楼上探，

Bix gah qvax laauxlih.
哥　自　傻　私方钱　　　　　　　哥是自家傻。

Bix ganhyis dangz lues,
哥　忧心　到　着急　　　　　　　哥心很忧愁，

Ngonzlaez ndaix sianghweih?
天哪　得　相会　　　　　　　　　哪天能相会？

Ngonzlaez sianghweih mal bungz nuangx?
哪天　相会　来　遇　妹　　　　　哪天相会来见妹？

Xaauxraanz genl miz ruangh,
成家　吃　不　愁　　　　　　　　安家就不忧，

Jiml xaauxeeux miz ruangh.
我们　成家　不　愁　　　　　　　咱建家不忧。

Lamxlanh ndiabt dangz mengz,
瞬间　想　到　你　　　　　　　　突然想起你，

Haux xos bas banz mbal.
饭　放　嘴　成　粑粑　　　　　　口中饭成粑。

Byal xos baanz banz menx,
鱼　放　盘　成　蛀虫　　　　　　盘中鱼成骨，

Haux xos dungx banz naiz.
饭　放　肚　成　泥沙　　　　　　饭进肚如沙。

Jaiz mengz laail faanh bingh,
想 你 多 成 病　　爱你多犯病，

Jaiz leg feax faanh saml.
想 儿 别 乱 心　　爱别人烦心。

Daic mingh honl jic hamh,
哭 命 魂 几 晚　　晚上叹命运，

daanl mingh bix jic hamh.
怨 命 哥 几 晚　　怨哥命不好。

Bix genl mas genl manc yieh jaiz,
哥 吃 果子 吃 李子 也 想　　哥吃水果也想你，

Bix genl nail byaailgvaauc yieh xoh.
哥 吃 冰 山顶 也 名　　吃山上冰块也想妹。

Nuangx qyus basmbos aul ramx dianl miz dianl?
妹 在 水井 要 水 念 不 念　　妹在井边挑水想不想？

Bix qyus raanz gah baaul ianl gah daic,
哥 在 家 自 包 烟 自 哭　　哥在家边抽烟边哭，

Saic bix myonh lumc dauz,
肠 哥 烂 像 青苔　　哥想妹断肠，

Jic gec hamh bix mbadt xauz.
几 个 晚 哥 饿 晚饭　　哥几晚没吃饭。

Nauz dangz saaul miz xieh,
说 到 情妹 不 信　　说了妹不信，

Nauz dangz nuangx miz xieh.
说 到 妹 不 信　　讲了妹不信。

Lamxlanh ndiabt dangz mengz,
瞬间 想 到 你　　突然想起你，

Genlhaux lumz omxbas,
吃饭 忘 漱口　　饭后忘漱口，

Waaic dah lumz riuc haaiz.
涉 河 忘 拿 鞋　　过河忘脱鞋。

Jaiz yuxgvaail dol meeh,
想 情妹 多 母亲
爱你胜母亲，

Meeh doc lix qyus langl.
母亲 还 有 在 后
想母在后头。

Jaiz mengz fanl ndeeul geh,
想 你 分 一 多
爱你多一分，

Jaiz saaul sinx ndeeul geh.
想 情妹 一 多
爱妹多一角。

Lamxlanh ndiabt dangz mengz,
瞬间 想 到 你
突然想起你，

Famxfumz lamx diehweah,
突然 倒 青冈树丛
忽倒青冈林，

Famxfeah lamx diehhaz.
忽然 倒 茅草丛
忽然跌草地。

Banz maz gac daail gaanh?
为 啥 杀 死 不了
为何害得我好苦?

Bix yieh neh guehrih lacbyal,
哥 也 想 种地 崖下
哥也想种崖下地，

Laaul geac rogral rongz mal saais,
怕 那 锦鸡 下 来 刨
只怕锦鸡来刨食，

Nac bail yux beangz jail.
只 去 情 远方
宁找他乡人。

Baiz bail roix guh haaiz,
次 去 烂 双 鞋
去时烂双鞋，

Baiz mal myaaiz guh maad.
次 来 破损 双 袜
回来烂双袜。

Roix jic daab haaizsaanl,
烂 几 打 草鞋
烂几打草鞋，

Nangh faanl laez yieh gaanh.
坐 次 哪 也 不能
相会一次难。

Roix jic guh haaiznyuz,
烂 几 双 草鞋

烂几双草鞋,

Miz ndaix sul riangz nangh,
不 得 你们 和 坐

没能见你面,

Miz ndaix nuangx sianghweih.
不 得 妹 相会

没能与相会。

布依族情友歌探析

布依族传统文化底蕴相当深厚，在以民歌、服饰、饮食、节日、建筑、祭祀诵经等为主要内容的优秀传统文化内容丰富、形态多样、独具特色。各地布依族群众传承和发展本民族优秀传统文化的自觉性和积极性非常高，参与面非常广，人员规模非常大，经常形成万人空巷的壮观场面。

布依族民歌中，最传统、最古老、最全面的是“Weanlbus”或“Weanl xibngih bus”即十二部古歌（情歌），包括《起头歌》《尊敬歌》《谦让歌》《宵夜歌》《探问歌》《赞美歌》《问姓歌》《相约歌》（又含十二部）《信物歌》（也含十二部）《考双歌》《逃婚歌》和《殉情歌》。这十二部古情歌充分反映了布依族青年男女从不相识到相识、了解、考验、订终身，但因父母包办婚姻而不得不双双逃婚、殉情并化身成蝴蝶或鸳鸯等而得以相爱一生的感人过程，它充分揭示了布依族古代文明而奇特的青年男女交往方式和恋爱观。当然，布依族人民历代都有根据时代特征和布依族民歌的格式不断创作很多与时俱进、充满时代气息的新歌和时事歌，古代的新歌又成为后代的传统民歌，如此不断积累以至日益丰富多彩。同时，布依族还有很多“敬酒”等礼仪歌、“三月三”等节庆歌、儿歌，等等，民歌种类繁多。

布依族情友歌对唱的方式非常独特，一般先由男方唱，然后再到女方对答唱；再到男方对答唱，又到女方对唱；如此轮流对唱几个小时、一整夜乃至几天几夜，最多的可达到7天7夜。对唱的方式是先完整复述对方的歌词，叫“sil（顺）”；然后针对对方歌词内容和问题一一作答，叫“binc（翻）”；最后又向对方提问，叫“gob（盖）”，其中的“顺、翻、盖”紧密相连，缺一不可，如此反复直至最后。

布依族民歌歌词的特点一般是由五至七字为一句，四句或五六句为一单元，要求从头到尾句句押韵，叫做“dungxwidt（相互粘连）”，但韵脚不固定，可以分头、腰、尾韵任意位置相押，而且还可以任意换韵，很少有一韵到底的。尤其是布依族民歌中有很多“赋、比、兴”的内容，重于打比方而避免直说，采用了很多动植物生长规律、生活习性、形状特征和颜色特点等入歌来表达感情，显得含蓄、委婉而善于抒情，很有特色。布依族民歌每句字数一般是五字，有的到七字，极少数到九字，而且很多句子中存在不少的衬音、衬字、衬词；布依族民歌还分大、中、小三种调式。在望谟县还分王母调、西北角调、乐旺调、桑郎调和沿江一带调等多种地域特色明显的调式、调子，在各地的调子中均有大、中、小三种调式。

下面以望谟县著名民间歌手韦光芬与黄祖文对唱的传统情歌中的《WEANL BUNGZ DAAUSNDUX》即《初识歌》为例进行介绍。

Baaih legsaail（男）：

Buxlaez danc haaizseeus mal gvax? 谁人 穿 绣花鞋 来 旋转	谁穿绣鞋来盘旋？
Buxlaez danc haaizmbax mal xunz? 谁人 穿 蝶鞋 来 玩	谁穿蝶鞋出来玩？
Ximl lumc wenz banzguh, 看 像 人 成双	好像人成双，
Ximl lumc bux banzguh, 看 像 人 成双	好像人成对。
Mengz xih haucjeex laez hauchel me nuangx 你 就 赶场 或者 进 集 么 妹？	妹赶场还是赶集？
Qyams xuz laez qyams goy? 找 叔 或者 找 哥	找叔还是哥？
Qyams goy laez qyams lungz? 找 哥 或者 找 大舅	找哥还是舅？
Laezxih menl mal xunz ndaxndah? 或者 你 来 玩 闲游	还是随意来闲游？
Mal haucjeex ndaxndah me? 来 赶场 闲游 么	闲就来赶场？
Bix basdoobt lumz doongx, 哥 嘴笨 忘 邀约	哥笨不招呼，
Bix basnoomc lumz naail mengz. 哥 嘴笨 忘 邀 你	哥话少不敢邀。

Lumz doongx haec gvaail mal nangh,
忘　邀　给　乖　来　坐　　忘叫妹来坐，
Lumz naail nuangx mal nangh
忘　邀　妹　来　坐　　忘约妹来坐。

Baaih legmbegt(女):
Gul gah danc haaizgaus mal gvax,
我　自　穿　旧鞋　来　旋转　　我穿旧鞋来旋转，
Gul gah danc haaizmbax mal xunz.
我　自己　穿　蝶鞋　来　玩　　我穿蝶鞋出来玩。
Gul deengl wenz gvaanghgunl,
我　是　人　单身　　我是光棍人，
Nyangh deengl wenz gvaanghgunl.
妹　是　人　单身　　妹是光棍人。
Basgvaail hee gul ruangh xih mal haucjeex,
哥　嘿　我　忧愁　就　来　赶场　　阿妹忧才赶场，
Yis xih mal hauchel.
愁　就　来　赶场　　愁才来赶集。
Gecgul xuz miz goh,
我　叔　没　哥　　妹没叔和哥，
Nuangz doc bac miz lungz.
妹　都　姑妈　没　舅　　没有姑和舅。
Gvaail mal xunz ndaxndah,
闲　来　玩　没事　　就是来闲游，
Mal xunzjeex ndaxndah.
来　赶集　没事　　上街来闲游。
Goh buxlaez baslix raaix?
哥　人　哪　会讲　真的　　哪家哥会讲？
Bix buxlaez basgvaail?
哥　人　哪　会说　　哪家哥会说？
Dangclaez xaangh hanh wenz leeuxxauh,
怎么　会　赞　赏　真的　　咋就赞人很好听，
Xaangh hanh nuangx leeuxxauh.
会　赞　妹　真的　　讲话很漂亮。

Baaih legsaail(男):
Jaiz xih nuangx dais baaih laez dangz?
想　就　妹　从　边　哪　到　　妹真是哪里来？

Basfangz laez Weangzmux?
高 车 或者 王母 　　高车还是王母?

Luzdinx laez Basbungl
六 亭 或者 坝 碰? 　　六亭还是坝碰?

Ricrimz laez Basgaangh?
西林 或者 坝 康 　　西林还是坝康?

Basxuaans laez basyuz?
坝 算 或者 坝 油 　　坝算还是坝油?

Xulric laez Luofyany?
山城 或者 罗 烟 　　山城还是罗烟?

Luofyany laez Luofdianq?
罗烟 或者 罗 甸 　　罗烟还是罗甸?

Benjxianq laez xamhjquy?
本县 或者 本 区 　　同县还是本区?

Nuangx he xeecndaix waanzrih doc mal,
妹 呵 舍得 农活 都 来 　　妹阿舍得农活都来,

Xeecndaix ronlxaz doc os.
舍得 茅坡 都 出 　　舍得路糙都出。

Baaisbux ramc xuangzros xosfiz,
哄 砍 织 机 烧火 　　就像砍织机烧火,

Baaisbux jabfadtsil bail ramx,
哄 缠 丝 去 水 　　就像缠丝带下河,

Baaihbux genl masxamx ndaelndongl.
哄 吃 水果 里 林 　　就像吃那林中果。

Laaul mengz longl mal xunz rauz nangh,
怕 你 闲 来 玩 我们 坐 　　怕你错来跟我坐,

Laaul mengz longl mal xuex rauz nangh.
怕 你 闲 来 跟 我们 坐 　　怕你错来约我坐。

baaih legmbegt(女):

Goh xih laais damhnuangx dais baaih laez dangz?
哥 就 猜 妹 从 边 哪 到 　　哥猜妹是哪方来?

Basfangz laez Weangzmux?
高车 或者 王母 　　高车或王母?

Basxuaans laez Basguanh?
坝算 或者 坝 关 　　坝算或坝关?

Jaanlnez benjxianq laez xamhjquy?
这里 本县 或者 本 区 　　以为本县或本区?

Mengz nauz ngoc laaus ngonzrih doc mal,
你 说 我 丢 农活 都 来　　你说我丢地活都来，

Nauz ngoc laaus ngonznaz doc os,
说 我 丢 农活 都 出　　说我田农活都出，

Gvaais gul ramc xuangzros xosfiz,
笑 我 砍 织机 烧火　　怪我砍织机烧火，

Gvaais gul jabfadsil baailramx me,
笑 我 缠丝 去水 么　　怪我缠丝带下河，

Lumc bux genl masxamx ndanlndongl.
像 人 吃 水果 林里　　好像吃那林中果。

Laaisnauz longl mal riangz mengz nangh,
好像 闲 来 和 你 坐　　以为错来跟哥坐，

Longl mal xiez mengz nangh.
闲 来 约 你 坐　　错来约哥坐。

Ngonzneex ruangh dais eeux ruangh dangz.
今天 忧愁 从 家 忧愁 到　　今天忧从家中来，

Daausjeex reeuz Zeqxiangy.
转回场 和 蔗香　　街是蔗香街。

Gec ngoc Cenfguany reeux xiangyxiaq,
个 我 城关 和 乡下　　我在城关连乡下，

Ndonglraz reeux Ndanlwah,
弄纳 和 乐化　　弄纳连乐化，

Basxuaans reeux Basnyuangl,
坝算 和 坝容　　坝算连坝容，

Raanz nuangz qyus jiezbeangl Zejkangy.
家 妹 住 地方 者康　　妹家方向是者康。

Goh xih qyus gecbaaih Lacnodngl,
哥 就 住 那边 纳包寨　　哥家就在纳包寨，

Ranl mengz xauh lumc baus Guangjdongl.
见 你 漂亮 像 老者 广东　　阿哥漂亮赛广东。

Rauz miz longl maz xingh,
我们 没 错 什么 真　　我们俩没错，

Longl miz dauc maz xingh,
错 没 来 什么 真　　一点也没错，

Banzlumc selsal rauz dungxdings,
就像 书 我们 约定　　就像写书来约定，

Banzlumc selmingh rauz dungxhal.
就像 八字 我们 相应　　就像八字已相应。

Ngonzneeex rauz lengc ral mengz nangh,
今天 我们 才 找 你 坐 今天才找你来坐，
Ndoongsdal xuaanz mengz nangh.
亮眼 找 你 坐 睁眼找你坐。
Mengz qyus laaus ngonzrih doc mal raaix lee?
你 住 丢弃 农活 都 来 真的 勒 你为啥也丢地活来呀？
Dangclaez laaus ngonznaz doc dauc?
为啥 丢 农活 都 来 为啥丢田活也来？
Dangclaez xeecndaix gomc gaangllauc mengz xeel?
为啥 舍得 灌 陈酒 你 丢 为啥舍得倒酒坛？
Lumc bux xidt nganzreel baail dah,
好像 人 撒 银网 去 河 好像丢鱼网下河，
Dangclaez xeecndaix mbeel nganzmeangz baail dah.
为啥 舍得 张 渔网 去 河 咋像铺鱼网在河。
Dangclaez xeecndaix xeel legyah mal raaix?
为啥 舍得 丢 儿妻 来 真的 咋舍得孩子和老婆？
Laaul mengz lauc dezdal ndis goy?
怕 你 酒 花眼 罢 哥 怕是喝酒醉了哥？
Laaul mengz xal jiujhanf ndis goy?
怕 你 发 酒寒 罢 哥 怕是发酒寒了哥？
Ngonzneeex minghndil haanx minghndil,
今天 命好 还 命好 今天好命约好命，
Minghndil ramx gah dogt,
命好 水 自 落 命好水自落，
Minghndil logt gah bans.
命好 水车 自 转 命好水自转。
Logt gah bans aul ramx bail damz,
水车 自 转 要 水 去 塘 水车车水进高塘，
Logt gah bans haec ramx bail naz.
水车 自 转 给 水 去 田 水车车水进稻田。
Minghndil rauz ndaix nangh
命好 我们 得 坐 命好咱得坐，
Minghndil nuangx ndaix nangh.
命好 妹 得 坐 命好妹得坐。
Ngonzneeex nangh lee longl jizndaix,
今天 坐 勒 错 值得 今天坐错也值得，
Nangh riangz bix jizxeenz.
坐 和 哥 值价 跟哥坐有身价。

Yaangl bux nangh lauzwal soongl xaans,
就像 人 坐 花楼 两 层　　就像坐花楼两层，
Yaangl bux nangh lauzwal saaml xaans.
就像 人 坐 花楼 三 层　　就像坐花楼三层。
Banzlumc daans lianqqinf jaanglgaail,
就像 谈 恋情 街上　　就像当街谈恋爱，
Banzlumc bix xunzgaail nangh xiel,
就像 哥 逛街 坐 车　　就像逛街有车坐，
Banzlumc gvaail haucjeez nangh xiel.
就像 哥 赶场 坐 车　　就像上街坐车耍。

这是望谟县复兴镇著名民间女歌手韦光芬与新屯镇著名民间男歌手黄祖文于20世纪80年代初一次表演性对歌的各自开头的两段，系笔者根据光碟记录、整理和翻译。

这歌的第一节是男方先唱，主要向女方探问了四个问题：一是问女方为什么打扮好好地出门？二是问女方是否成双对——是否已结婚或者已有男朋友？三是问女方是找人还是闲逛？四是问女方是否忧愁？第一个问题是含蓄地赞美女方；第二个问题询问女方是否已成婚，否则可以进一步交往，隐含不想当第三者破坏女方的婚姻；第三个问题是询问女方在干什么？目的是要弄清楚女方是否有时间和心情摆谈；第四个问题是了解女方是否有忧愁，隐含是否需要感情安慰。最后表达想约女方摆谈又不敢约的原因，含蓄、委婉地表达与对方交往的愿望。这是相当文明的访问，并非冒失进行，这是布依族青年男女初识情歌的固定套路，缺一不可。歌词中的绣花鞋、蝴蝶鞋是女方新装、打扮漂亮、美貌和心灵手巧的代名词；其中的"gvax"，原意是鸟在空中盘旋寻找捕捉目标，借此来形容单身的男女青年正在寻找意中人。歌词句句押韵到底，但是韵位不统一，头、中、尾三位交错押韵均有；韵脚字的声调平仄不分，平仄通押。如第一句的gvax与第二句的mbax押同韵同调的韵；第二句的xunz与第三句的wenz押韵，但只押韵尾，属特殊的押韵方式，这在布依族民歌中属常见；第三句的wenz与第四句的wenz及第四句的ximl lumc、banzguh与第五句的ximl lumc、banzguh则属于重复式押韵，有的叫做复沓；第五句与第六句的押韵最为特殊即只靠衬字mena来押韵。从这些押韵的情况看，基本体现了布依族民歌押韵的所有表现形式,韵位灵活、押韵声调可以不同、可以多韵相押、可以重复押韵、可以利用衬音和衬字来押韵、押韵到底但可以无限制地换韵等。难怪有人甚至有的布依族老干部都错误地认为,只要套上布依族民歌的调式和调子,即使用来宣读党委政府的文件都照样像布依族民歌。因而导致很多布依族的新创时事民歌只有布依歌调子而很少押韵,严重偏离了布依族传统民歌的轨道,甚至使某些地区在传承和发展布依族传统文化方面走错了方向,把似是而非的布依族文化当成宝贝来传承和发展,而把真正传统的东西丢掉了,遗害无穷。其实布依族民歌之所以成为流传千百年而不衰的歌,不但是因为它有很多有特色的调式和调子,更重要的是从头至尾句句押韵。因此,才允许在押韵方式方法上灵活多样和变化无穷。其实根本原因也就是要达到句句押韵到底的目的。除此之外,布依族民歌还有赋、比、兴,比喻特别是博喻的大量运用等等,也是别具一格的。

歌的第二节是女方的对答,内容是对男方提出的问题进行简要的复述和对其提问进行一一回答,并在最后的歌中对男方的能说会道赞美一番,没有拒绝的意思,说明可以进一步对歌。其实能够以歌作答本身就是一种认可,一般是如果不认可就不作答。但要以不是歌的语言表示没时间唱歌或者说其他的理由。

第三节又是男方进一步询问女方的家庭住址,其中的高车、王母、六亭、坝碰、西林、坝康、坝算、坝油、罗烟(乐元的古名)等都是望谟县境内的村寨名,其中的罗甸是邻近望谟县桑郎镇的外地县地名。这是一种猜测,大范围的猜测,表达急于了解女方情况的心情。接着询问女方为什么丢下农活和手工活来玩耍,是不是无意中才来跟哥摆谈和玩耍?这是进一步核实女方是真情还是假意的意思。

在第四节女方的回答中,关于地名的回答大同小异,这既是"顺"即重复对方的歌词但又没有完全重复,就显得有变化而避免呆板,这也是一种对歌的技巧和经验。有意在对方提到的地名的基础上新增了弄纳、乐化和坝容等几个不同的地名,这样就在押韵上为下面的歌词埋下伏笔,以便"翻"和"盖"。而且有意点出了男方家的住址和基本情况,说明对对方的情况早已深入了解，显得比对方用心和更胜一筹，这是一种用心的体现。在内容上也很有特色，男方说女方怎么舍得砍织机烧火、丝带未解也下河、吃了林中果上当，这是反话正说，也就是把假的当真来说，目的是逼女方讲真话。因为，作为一个农家女孩无故砍织布机烧火是不符常理的，不宽衣解带而下河洗澡也是假的；林中果因为光照不足，味酸而涩，不好吃，但既然吃了那无疑是上了大当。这是借事说理，属于“弯弯绕”即转折较多的比喻方法，这需要对方的阅历较多才能够完全听懂他的意思。女方的对答也毫不示弱，她利用“陈年老酒”来比喻幸福美满的家庭，用“把陈年老酒倒丢”来比喻抛妻弃子来谈恋爱；还说男方怎么舍得丢下农活、扔掉鱼网（不务正业），同样是反话正说，也就是设假为真地说。这是谦虚地说男方进行的是“五马调六羊”的“生意”（这山望着那山高），是不是喝醉了酒（身在福中不知福）？要么就是不负责任的花心，目的就是要探明男方的底细和真正的意图。歌词意思明了，但因为多采用转折较多的比喻和比方，所以就显得含蓄、委婉，减少了很多针尖对麦芒的赤裸裸的刺激。到最后才表达自己的真心实意，用好像坐上了二层和三层的花楼、就像坐车逛街那么自豪和幸福来表达“如果双方真正能够走在一起就无比幸福和自豪”的深意。比喻、比方多而直白少，这又是布依族传统民歌的一大特点。

我们再看一首布依族情歌，就可以加深对布依族情歌的印象和认识。这是韦光芬根据布依族传统情歌格式要求和新时代生活特点且为参加黔西南布依族苗族自治州某次布依族情歌大赛而专门创作的共四节的布依族情歌。它具有明显的推陈出新和与时俱进的特点。

Baaih buxsaail（男）：

Buxlaez danc beahbigt mal dauc dinlxos?
谁 穿 蓝衣服 来 到 脚 在　　谁穿蓝衣抵台阶？

Danc beahmos mal qyus genzdaaiz?
穿 新衣 来 在 台 上　　谁穿新衣上赛台？

Banzmaz liec lumc mengz banzraanz qyusyiangh?
怎么 看来 你 成家 怎样　　看来阿妹已成家模样？

Ximllumc mengz banzeeux qyusyiangh?
看像 你 成家 怎样　　阿妹看来已成家模样？

Buxlaez dangs mengz dauc?
哪人 约 你 来 是谁约你来?

Buxlaez haec mengz xunz?
哪人 让 你 玩耍 是谁让你来?

Dangclaez mal dungxbungz daansruangh?
为啥 来 相逢 谈心 为啥相逢来谈心?

Xunz riangz bix daansruangh?
玩耍 和 哥 谈心 跟哥一起来谈心?

Baaih legmbegt(女):

Ndiabt dangz bix lengc mal,
想 到 哥 才 来 想起哥才来,

Nyal saauhlaez duc damh.
杂丛 怎样 都 走 路再毛也走。

Neh jaiz riangz goy gaangc xonz xinl,
想 想 和 哥 讲 句 真 想跟阿哥讲真话,

Jaiz riangz jiml daansruangh,
想 和 哥 谈心 想跟你谈心,

Jaiz riangz bix daansruangh.
想 和 哥 谈心 想跟哥谈心。

Baaih buxsaail(男):

Xinlraaix miz xinlraaix?
真的 不 真的 是真不是真?

Xinl xih dax mengz juanghdaadt mal xosdengc,
真 就 赌 你 跳崖 来 拐棍 是真跳过悬崖来,

Degtdengx byaaic xoh raz.
拄拐棍 走 要来 拄棍来跟咱。

Dax mengz mal gueh baz raanz goy,
赌 你 来 做 媳妇 家 哥 赌你来做哥的妻,

Dax mengz mal gueh maix raanz goy.
赌 你 来 做 媳妇 家 哥 赌你来做哥的媳。

Baaih legmloegt(女):

Nuangx doc meangh ndaix saaml bil rux,
妹 都 盼望 得 三 年 西 妹已等得三西年,

Meangh ndaix guc bil xiz.
盼望 得 九 年 辰 盼得九辰年。

Ngonzneex ndil sianghweih,
今天 好 相会 　　　　今天得相会，
Bilneex dauc sianghweih.
今年 来 相会 　　　　今年来相会。
Hocrauz dungzdoih gvas byaailbaanz,
我们 相对 过 山梁 　　　　我们成对过山梁，
Menl haz bail dangz raanz saec mah,
期望 要 去 到 家 服侍 妈 　　　　妹要走到阿哥家，
Bail raanz bix saec mah.
去 家 哥 服侍 妈 　　　　就去服侍妈。

这一看便知，省略了所有传统的礼仪与程序性的格式和内容，直奔主题，直抒胸意，直接表达了决心和浓烈的感情，这属新时代情歌的特点。但它还是没有完全丢掉布依族情歌的基本要素，只是化繁为简而已。它符合特殊场合的要求，所以也自然得到大家的认可，而且得到了赞扬。

布依族民歌为什么能够接连对唱几天几夜而不重复呢？因为布依族的传统习俗很严格，未婚的男女青年是不能私下交往的，只能在大众场合利用对歌来交流思想，增进了解和加深认识。只有对歌这一根独木桥，别无选择。因此，布依族山歌的花样很多，有礼节性的开头歌、有礼仪性的程序歌、有赞美歌、有探问歌、有猜谜歌、有抒情歌、有决心歌、有对幸福生活的构想歌、有逃婚歌、有殉情歌和化蝶歌等等，这些都是男女青年有情人之间对歌必不可少的内容。因为，如果觉得对方给人的第一印象可以，就请示老人同意跟他们（她们）对歌。老人默认了，就开始讲点传统对歌的礼仪，再赞美对方的帅气或美貌，最后是了解对方的基本情况，是否可以交往。如果认为可以交往，那要考验他们（她们）的才智是否达到交往的标准，这就要围绕人们日常生活中的各种器具、物品和人情世故作为谜面歌叫对方对答。如果完全答上了或者答上大部分，那才是理想的人选。如觉得对方中意了，就表达爱慕之情。接着表达愿意甚至希望与对方交往的决心。在双方都表了决心以后，就共同构想今后如何创造幸福生活。假如双方或者一方的父母坚决反对或者已有包办婚姻而不能与意中人结合的话，就设法逃婚。如果逃婚不成就设想双双殉情。殉情之后要化成蝴蝶或者鸳鸯厮守终身，永不分离，以实现双方的美好理想。当然，随着现代文明的不断进步，新社会中农村包办婚姻的现象逐渐减少，这后面的殉情歌已经很少有人唱了。这是因为由于社会进步而自然减少了对歌的形式。所以，布依族处于寻求伴侣之中的青年男女对歌，不是一两天或一两夜就能够唱完这么多歌的，要从长计议，非三五天甚至五至七天不可。事实真正是如此，猜谜歌是布依族传统情歌对唱中最精彩最考人最能够体现歌手实力的一部分，更是最为关键的一部分内容，缺一不可。但竟然还有人认为布依族情歌只是男女青年相互表达爱慕之情和海誓山盟之类的歌，而认为猜谜歌不是布依族情歌的部分，这是极为狭隘的观点，属于太不了解布依族传统情歌的了。

还有一个特别要说明的是，会唱民歌是布依族人聪明伶俐的明显标志，也是智者的标志之一。因为会歌就自然懂事明理，谁不喜欢？因此，在布依族地区，一个孩子生下来，长到能够把话说清楚了，只要歌喉好，就要开始学哼儿歌、山歌和顺口溜，不久就学唱古歌和情歌。只要热爱山歌、有胆量和机会，一般从小就是小不点歌手了，然后才能不断地培养有望成为著名歌手。不可能等到成年以后再来学唱山歌（也许有个别是这样，那纯属是例外），否则就是违反农村生活实际的。现实生活中至今还有不少人认为，唱情歌是成年人的专利，唱情歌对未成年人来说既不雅也不利。这种认识是片面和脱离实际的。为什么呢？很多事实证明，一个文明程度高、科学观念深入人心、伦理道德观念发育健全的社会，他们都要从小学高年级开始就向男女学生传授生理卫生知识，即使有很多知识很不雅，但事实需要不能不说。这些比唱情歌难为情多了，但为了孩子的健康成长，我们当大人的也不得不为之。因此，为了布依族传统民歌能够更好地传承与发展，我们的民歌赛台是不能也不应该拒绝未成年人参加的，更不能剥夺他们唱歌的权利。

如果要给布依族情歌对唱进行评判的话，有几个至关重要的环节是必须注意的。马克思主义文艺观告诉我们，文学艺术的内容高于形式，形式服从于内容而且始终为内容服务。那对待布依族情歌对唱也应该如此。布依族山歌对唱有礼节性、礼仪性、试探性、询问性、考察性、考验性、抒情性、誓词性、习惯性和结构性等各种内容，这其中应该以探问性、考验性、抒情性和誓词性的内容为主，其中又要以考验性的猜谜歌为主，这才是问题的关键所在。这一部分最能体现歌手的应变能力和生活阅历的差异，所以布依族青年男女真正的对歌一般都少不了这部分内容。而且在形式方面则有调式、调子、衬音、衬字、衬词与颤音、拖音方式方法的不同及音质、音色、音域的差异等。声音好固然不错，但是内容丰富多彩和充满智慧才是根本的。有些歌手声音虽然非常优美动听，但是其歌词内容则只有音而没有意，语言是布依语与汉语的随意杂揉，表意不清；有的歌手则是声音好，但歌词太传统，缺乏创新，没有与时俱进和现场感；有的歌手既声音好，歌词有传统也有创新，调子又有特色；有的歌手则是声音一般，但调子新颖，歌词灵活多样，传承了传统的格式又有临场的适当发挥。面对这种情况，作为评判者，你该把冠军判给谁呢？这要看评委是否是真正的布依族民歌研究专家了。但事实大多评委都不是全能的。有的只研究声乐，有的只研究器乐，有的只研究文学，有的只研究绘画，有的只研究某个领域的理论，有的只研究政策，有的只研究法律，有的只研究政治，有的只研究部门与人际沟通协调等，所以他们的评判结果会有一定的差别。有人就认为作为艺术之大类，总是存在共同点的。所以，研究的领域和方向虽然不同，但还是可以从其中的共同点进行评判。可是他们好像遗忘了，作为大类中明显分为小类的艺术，区别总是大于相似之处，否则就用不着进行分类了。声乐与器乐、绘画与文学之间的相似与差别，谁多一点、谁大一点呢？答案显然是区别大于相似之处。因此，需要对布依族民歌特别是情歌对唱作出正确和准确评判，主要应该着重于"顺"得是否全面至少也要抓住主要内容或要点；"翻"要一一对应和答之所问，绝不能答非所问；"盖"要合情合理而且有创新和临场性，最好不要照搬传统的内容。其次是演唱者的音质、音色、音域和音高如何？第三是服饰是否符合要求与相貌不能太差。第四是表情与舞台形象如何？第六是歌词内容健康、文明。总之，唱的要是歌而且唱得像唱歌，歌声优美、相貌良好和舞台形象自然、大方，讲文明礼貌。

最后的问题是，布依族情歌曲调和旋律非常优美动听，这应该是民族音乐家们研究和挖掘的重要内容，但至今还没有发现有人真正谱出具有浓郁布依族特色和旋律的歌曲，还没有达到“朱唇未启笑先闻”“闻其声如见其人”和非布依族莫属的效果。这应该是我们广大布依人特别是我们广大的布依族音乐人今后努力的重要方向。

（本文原连载2015年11月－2016年3月《贵州民族报》，内容略有改动—笔者注）

布依族民歌的传承与创新管见

——以望谟布依族古歌为例

民歌，即民间歌谣，属于民间文学中的一种形式，能够歌唱或吟诵，多为韵文，是劳动人民集体的口头诗歌创作。

民歌是人类历史上产生最早的语言艺术之一。我们的祖先在生产劳动中创造了音乐，唱出了最早的民间歌曲——劳动号子。原始的民歌同人们的生存斗争密切相关，或表达征服自然的愿望，或再现猎获野兽的欢乐，或祈祷万物神灵的保佑，它成了人们生活的重要组成部分。随着人类历史的发展、阶级的分化、社会制度的更新和社会生活的日新月异，民歌内容涉及的层面越来越广，其社会作用也显得愈来愈重要。

布依族古歌是经布依族劳动人民集体创作，它是布依人民生活中表达思想感情、寄予美好愿望不可或缺的一种特定形式。改革开放以来，随着社会主义市场经济环境下主流文化对非主流文化的强烈冲击，布依古歌教育、传承、发展与传播过程中出现愈演愈烈的"汉化"现象，古歌传承工作总体呈现衰微之势，精简、肤浅与戏谑化现象严重，但亦有复兴的迹象。因此，对改革开放以来布依族古歌的传承模式及创新经验进行深入的研究，寻求与之相适的发展道路，具有重要的现实意义。布依族古歌传承最主要有三种基本模式，一是家庭式的个体传承，民间传承人以歌师和妇女传承为主；二是社会式的群体传承，以歌节、歌会、歌堂、歌赛等民间活动传承为主；三是现代式的媒体传承，主要通过电视媒体、民歌艺术节、民族歌王大赛、互联网及文化旅游来体现。不管是专门演唱古歌的民间歌手还是在家务农的布依族妇女，从传统的歌节活动到现代式的"歌王大赛"、文化旅游，都肩负着传承布依古歌的历史责任。自望谟县连续举办七届民族歌王大赛以来，布依古歌传承方式上实现了创新性发展。

布依族古歌是布依族劳动人民在长期的生活和生产实践中积淀下来的能够表达劳动人民情感最珍贵的精神财富。但是，随着经济社会的变化和发展，古歌的传承和创新存在着后继乏人、内容老化、脱离群众基础等问题。如何传承和创新布依族古歌，让古歌的发展与地方经济社会文化发展相协调，是亟待思考和解决的问题。古歌是民族文化的重要载体，传承和创新古歌是少数民族地区文化建设的一项重大工程。以古歌为渊源的布依族山歌是集民俗、方言、文学、礼仪等于一体的综合文化体。深入挖掘布依族古歌的内涵及其外在的表现形式是对民族文化的一次大整理、大开发。布依族山歌尤其是山歌里面门类最大的十八部古歌，是一种能将布依族人民生产生活方方面面的喜怒哀乐表达得最完美、最彻底，是布依族人民情感表达最直接、最经济、最高雅的工具。因此，传承和创新布依族古歌对丰富和满足布依族人民的精神生活有着不可估量的作用。布依族古歌的传承和创新要对布依族山歌发展保驾护航。当下，有一些人和公司，为了经济目的，打着保护和传承布依族古歌的幌子，对布依族古歌进行史无前例的滥开发。也有一些人由于过分偏爱布依族古歌，对古歌的发展提出了一些不切合实际的想法，有时竟做一些揠苗助长的工作，使得布依族古歌的发展背离了发展的本来规律，走进了死胡同。这就像有些家长溺爱自己的孩子结果贻误了孩子的一生一样，令人惋惜。正确地传承和创新布依族古歌能够有效地遏制滥开发的行为，促进布依族古歌又好又快的发展。

继续传唱经典的布依族古歌，为培育布依山歌发展的土壤、营造良好发展的氛围奠定坚实的基础。有人认为，再不要一唱到布依歌就唱十八部古歌这些老歌了，内容与形式太老套，听得人耳朵都长茧了。我认为，经典的古歌还要继续传唱，因为经典的布依族古歌是布依族山歌的基础、丰碑和标志。只要基础牢固，丰碑不倒，布依族山歌就有传承和发展的希望。只要一代又一代布依人把这些经典的古歌传唱下去，就有可能培育出适合布依族山歌发展的土壤，营造出有利于布依族古歌发展的氛围。只有站在这些丰碑上，我们才可能创造出更多更好的经典布依歌。如果哪一天连标志也不提了，完全丢失了，那么布依歌也就彻底完蛋了。让从事布依族古歌的传承和创新工作成为布依人民谋生的手段，是传承和创新布依族古歌最有效的方法。如果让写布依歌、唱布依歌像骑三轮车、开出租车、开网吧等一样能赚到钱的话，那么写布依歌、唱布依歌这个行业也一样会相当热门、火爆。但是现实情况是从事布依歌写作、研究、整理、演唱等工作，不但赚不到钱，反而加重了日常生活的开支，所以从事的人就很少，只有一些能耐得住清贫又特别喜好布依歌的人在茶余饭后聊以自慰罢了。集思广益，让布依族古歌的发展与经济效益挂起钩来，我认为是发展布依族古歌最有效的方法。在望谟县，目前已经出现因为唱布依歌唱得好，能坚持传统与创新相结合的歌手，有不少人通过唱布依族古歌而形成一个不小的产业，收入也不少，一晚上一个人的收入就上千元，可惜还是一种隐形产业，有待扶持和发展壮大，这是从经济角度和层面来谈传承和创新布依族古歌，其基础还是群众喜爱，喜闻乐见，有需求，有市场。

让布依族古歌真正成为表达布依族人民情感的工具，是传承和创新布依族古歌的关键。布依族古歌最大的功能就是能够表达布依人民的情感。旧时的布依族地区，虽然环境依山傍水，鸟语花香，生态良好，但由于交通落后和信息闭塞，人们只能将生活方方面面的喜怒哀乐通过歌声表达出来。而且由于布依族是一个勤劳而谦虚、宽容的民族，古歌讲究句句押韵，说辞委婉，多用比喻，曲调非常婉转甚至显得低沉。如今时代变了，人民的生活条件提高了，人民的精神生活需求也越来越丰富了，生活节奏快了，听交响乐、摇滚乐多了，所以人们唱起布依族古歌来总感觉不带劲、不亢奋、不舒服或者说与自己内心的情感不相吻合，久而久之，布依族古歌就被人们渐渐淡忘了。我们要切实挖掘人民群众喜闻乐见的而且能够反映人民群众在新时代中的真实感受来满足人民群众的精神需求。挖掘和整合布依族特色的民族文化旅游资源，为布依族民歌快速发展搭建平台。黔西南布依族苗族自治州这块神奇美丽的土地由于红军长征在20世纪三四十年代路过、战斗过、生活过而显得更加神奇，也因此成了革命老区。近年来，随着黔西南交通、通信和生态环境的改善，成了国内外许多人士学习、考察、旅游的理想之地。黔西南特别是望谟、贞丰、册亨等县要抓住大好机遇，齐心协力，共同挖掘、整合、开发民族文化旅游资源，既是对黔西南的最好宣传，又是黔西南财政上的一笔不小的收入，同时也能对布依族古歌的快速发展搭建平台。因此，将布依族古歌放入民族文化旅游这个快车道中传承和创新，无疑是一条上上之策。这是从布依族人民精神需求与文化旅游互动发展角度和层面来传承和创新布依族古歌，是最能够实现持续发展的方向与道路。

布依族的十八部古歌（有的只知道十二部），这是一部用老镢镌刻在黔西南大地上的传世巨著。它所达到的思想艺术境地是人们所难以想象的。它以那难以名状的奥妙留给人们一种特殊的美感享受。它是中华民族大家庭中"养在深闺人未识"的一块艺术瑰宝。布依族古歌是布依族人民的精神、思想、感情的结晶，是布依族人民最亲近的精神伴侣。布依族古歌历经沧桑而不衰，并不断传承和创新发展，源于它旺盛的生命力，它生命力就来自它强烈的人民性。布依族古歌的天才作家们，大都是劳动人民出身，就如同母亲和她腹中的婴儿一样，劳动人民将他们的思想感情源源不断地输入古歌之中，赋予了布依族古歌充足的养分，使之健康地成长，他们与它结成了深厚的母子般的情谊。在布依族地区，不论表现喜、怒、哀、乐哪种情感，都是有歌可唱的。阳春时节，在泛绿的山上或山间小路或田边地头，随处都可以听到顺风飘来的悠扬歌声；农闲时候，无论在红喜事或在白喜事的店家，男女青年们都会不约而同地彻夜欢歌，把人们从那劳累、清贫的天地中呼唤到令人心旷神怡的童话般的境界，激发人们不断拼搏上进的情怀。布依族古歌在那些地瘠民贫，交通不便的偏僻山沟里，在几千年的历史长河中，是布依人民抒发感情的最好手段。"饥者歌其食，劳者歌其事"，它是发自人民心底的呼声，可谓人民生活的第二种语言了。"Mah nuangx rox ndaml hingl，ndaml hingl dogt dieh benh，hingl nuangx uns lumc xaz dueh rumx，hingl nuangx dumc lumc xaz leg dueh...（妹妈会栽声，栽声适沃土，长势如豆笼，茂密像豆蓬）"，"圆润的歌声是妈妈在沃土里精心栽种出来的"这种比喻非常有诗意，说明布依族古歌就是深扎于劳动人民心中的千年老根，有独特的土壤和培育方法，就是劳动人民心中的一棵棵“灵芝草”。有什么心里话，他们总是说给它听；有什么愿望，总是讲给它听。布依族古歌成了记录劳动人民真实思想、感情、愿望和理想的总谱，是布依族人民生活的最直接反映。布依族古歌出自劳动人民的心灵，在长期的传承和发展中，又经万人之口，通万人之心，每个人都将自己的精神甘露滋润了它，因而让它成了劳动人民的思想、感情、愿望和理想的海洋。而今，随着各地原生态歌曲的风起云涌，布依族古歌却相对落寞了，何以至此？它将何去何从？

在布依族地区，民歌集民俗文化之大成，日常生活处处充满古歌。劳动者用歌声来解乏，农民用歌声来祈雨与平安，逢年过节用歌来庆祝、娱乐，男女青年用歌谈情说爱，男婚女嫁用歌来举行仪式，用歌来敬酒，用歌来讲故事，用歌来搞社交，用歌来记叙重大历史事件，用歌来记叙新人新事、好人好事，甚至治丧上坟哭灵也以歌代哭。布依族古歌是布依族优秀传统文化的活化石和灵魂。

布依族古歌种类繁多，有开头歌、创世歌、四季歌、年月歌、赞美歌、起房造屋歌、敬酒歌、儿歌、风俗歌、恋歌、情歌、婚姻歌、节日歌、嫁娶歌、孝歌等等，其中分为大调和小调，以小调流传最广。其表演方式多种多样，可以男女一对一、二对二、三对三、四对四乃至十多、几十人对唱或演唱，还可以增加各种表演动作。古歌也叫分部歌或大歌，主要是歌唱传统道德、习俗和礼仪内容的，所以是所有布依族山歌的渊源、酵母和重要组成部分。

布依族古歌有鲜明的地域特征，有布依腔、布依调、布依服饰和布依词汇，这足以使其站在歌坛圣殿之上。这样一朵民族民间艺术奇葩，随着时代的发展，在通俗流行文化无限丰富、审美情趣多元化的今天却处境越来越尴尬：布依歌在原产地“中心塌陷”，以至于其他县份抢走了布依古歌的旗号；布依族古歌不仅传承后继乏人，新歌创作也青黄不接，古歌表演也逐步淡出广大人民群众的文化生活。曾经的古歌经典只能在很多中老年人的“激情回忆”中找寻，更多的青年人痴迷于快餐文化，让布依族古歌陷入落后与老土的灰色地带。然而，最近却有不少巧妙应用布依族古歌元素谱写的歌曲不断出现在人们的视野里，日益强劲地敲击着人们的耳鼓，不免在遗憾之余让人眼睛为之一亮,心为之一震,这是一个全新的种类和领域,也是一个值得重视的发展道路和努力方向。

近年来古歌风光不再,新歌魅力上不来,布依族特色歌曲创作一直徘徊不前,流行山歌简化翻唱很风行,这极大地束缚了布依族古歌的传承与推广。

我认为,布依族古歌主要是基层劳动人民用以抒情言志的,以诉说受苦人苦难生活、歌颂爱情、反抗压迫为主。如今布依族古歌所描述的生产生活状况不复存在,布依族古歌内容显然与今天丰富多彩的现实生活不相符。过去的古歌演唱者就是普通大众,他们能有感而发,自编自唱、集体加工、世代相传。而当今,演唱与作词、作曲出现了一定程度的分离,一定程度上也就造成了表现方式与表达力度的差异,影响了布依族古歌的继续发展与壮大。我国民歌界缺乏高水平创作者已是不争的事实。对此,中央民族乐团知名作曲家、当代声乐教育家王志信说:"靠写民歌根本养不活自己。生存都成问题怎么去创作,有那工夫还不如去写个电视剧、流行歌曲呢。就算写出新歌,想把它推向市场,也是件相当艰难的事情。如果不先烧一笔钱,这首新歌绝不可能传入听众的耳朵。"大家都知道要推出一首歌曲先得录个小样,可就算是最便宜的录音室一天也要几千元,再加上乐队、伴唱,没有一定的经济能力,显然很难将创作者纸面上的作品变成旋律。即便有了钱,也要对创作规律有客观的认识。王志信还说:"一定要兼收并蓄。我主张'杂交',作曲行业里不要怕'跑味'。基层文艺工作者的长处是对当地文化非常了解,但其短处也恰恰是创作过程中会'跑味'。创新的'跑味'是恰当的。对于一些'跳出圈'的出新作品,不要一开始就指责他们。安下心来,先容忍一下,说不定这种'跑味'就是出新,创新的'杂交跑味'需要博大的胸怀来接纳。"

有人认为,民歌的自身发展要有突破,题材要广泛,形式要多样。一是保留原有的传统民歌,以自然形态的风格演唱;二是对原有的传统民歌进行改编;三是用民歌素材创作各类型的声乐、器乐作品,包括独唱、重唱、合唱以及民族管弦乐、交响乐、歌舞、音乐剧、舞剧等作品;四是唱法多样化,既可以有民族民间唱法,也可以有流行、美声唱法,还可以引入摇滚唱法。将民歌唱好，让众人听了喜欢，才是最好的传承和发展。

我们要建设人才队伍，培育主流舞台。优秀的音乐作品必然是时代的产物，老百姓的口味也一直在变。不管是创作技巧还是手法，都需要与时俱进。王志信说："民歌要想重现曾经的辉煌，传承、发展、创新一个不能少。否则，民歌的生命力只会日渐萎缩。"目前民歌发展的最大问题在于人才断层，缺乏代表性人物。老的民间艺人、民歌手们逐渐老去，许多口口相传的曲子随之失传；为数不多的青年民歌手们，又无法迅速继承民歌的真谛。当前，我们要做的事，除了在创新上下功夫，推出新人外，还应该组建一支懂民歌的专家队伍，通过鉴赏、评论等方式，用各种不同声音激活民歌，让市场和百姓重新认识民歌。还应该摆正心态，要把压力变动力，实现创新和超越。有专家建议，可以借鉴东北二人转和壮族民歌回归主流文化的经验，开拓民歌发展思路。同为区域艺术品种，东北二人转有刘老根大舞台等专业演出平台，有一大批深受观众喜爱的明星多年来的推广传承，可以通过春晚这样的主流文化传播渠道，以观众乐于接受的影视剧、小品、舞台剧等形式，让二人转走出东北黑土地，转进大江南北。最初也是逐步萎缩的广西壮族原生态民歌，在旅游山水的衬托下，融故事、风景、原始声音、民族风情、舞台剧于一体，让观众净化心灵般感受文化生态的感染与渗透。这些元素组合在一起，使得《印象·刘三姐》成了广西壮族民歌的品牌，深入人心。

有评论认为，目前文化艺术投入仍然不足，基础设施落后；艺术人才流失，后继乏人；艺术文化产业弱小，缺乏有影响的作品和领军人物。文化发展的滞后与经济发展的高速推进很不协调。在这一背景下，民歌的日渐式微引起了社会各界的重视。相对而言，来自于民间的自发力量更为引人注目。我们要发展民歌，推出优秀歌手，不是单一的工作，而需要系统性的、综合性的整合运作。我们要通过对各种资源的整合，推出新人新作，逐步形成品牌，从整体的高度思考民歌的发展之路。

由于民间具有丰富的传统民族音乐艺术的积累，所以今天的歌手要了解历史，接近群众，感受生活，用最真挚的感情去歌唱，才能产生新的杰出人才和新的经典之作，这也是民间艺术家在传承民歌的长期过程中给我们留下的最重要的启示之一。歌手都应以极大的热情终生不渝地博采众家之长，广泛积累丰厚的基础，并且努力应用各种手法去创新，才能走上成功之路。现在开放的时代和发达的科技，为歌手和词曲作者提供了优越的学习和创作条件。民间艺术是艺术之根，是体现民族精神的重要载体，应当学习杰出民间艺术家的精神，热爱民间艺术，吸收丰厚的营养来创造新的民歌。近年来，外地一些因演唱民歌而一举成名的歌手已不再是少数，不争的事实告诉我们，要重新认识民歌的作用、影响和地位。民歌的继承保护除了传承人之外，还应采取一些具体、得力的措施。民歌原生态的部分，我们尽量不要去碰它。在这方面，不妨借鉴博物馆的思路。建立一所民歌博物馆，通过歌曲、词谱等形式，向人们全面展示民歌的风貌。此外，可以考虑请一批对原生态民歌掌握较好的民歌手，作为博物馆活的资源，让他们将原生态古歌原封不动地传授给后人，这样积累得多了，我们原生态的歌曲也就可以更多地保留下来，为世人所欣赏和传承。布依族古歌要继承，要发展，但在继承和创新的同时千万不要忘了保护。要保护就要有措施，成立专门机构，要有专款，有计划地开展各种各样的比赛、交流等活动。因为古歌的传承和创新不是靠几个人坐在办公室里研究一通就可以解决的，要靠广大群众的热情参与，活动一旦多了，很快就能火起来，在活动中不断推出新人新作来。同时，要在保护特色的同时，提炼、加工、充实时代的东西。除此之外，还应该搞一些长期固定的活动。比如办全国性的比赛，把全国喜欢唱布依族古歌的人吸引到我们这里来，把各个专业院校研究、演唱民歌的人吸引到这里来，进行交流、座谈、学习和培训，这样做还可以更好地宣传黔西南、宣传布依族地区。要认识到自己的特点，通过保护政策和保障措施，因势利导，通过科学的测定，全面的分析，这样才能够让布依族古歌屹立在世界艺术之林。这是从创作与演唱的角度和层面来传承和创新布依族古歌。

民歌是一种独特的中国文化现象，在整个音乐专业基础领域里和专业创作领域里，可以说是中国地域民歌里的一个最具代表性的歌种。民歌为中国专业领域创作所提供的养料是无法用文字或语言所能表述的。它的继承、保护与创新，期待每一个关心、热爱它的人的关注、支持和参与。

中华民族有着五千年悠久的历史,祖先给我们留下的文化源远流长、博大精深。布依族古歌与中国古典诗词一样有着值得炫耀的历史,丰富的内涵,悠长的韵味,高深的意境,穿过漫长的历史时空流传至今。元曲与宋词也就是依靠着一个特殊的时代氛围而谱写下的又一个新的篇章。而那时的元曲仍称不上是流行歌曲,它只是用一种歌曲的体裁记录下所要表达的思想。宋词形成的歌曲也更多是后人翻唱的。但从那时古人对两者间的认识,也不难想到如今的古典诗歌与流行歌曲能够携手并进。也因此,纵览几十年来的流行音乐,处处有古典诗词的影子,点点滴滴都是古典诗词的风韵尤存。

前人为我们留下许许多多的诗词和歌赋,是美不胜收的歌词资料。这些宝藏里的每首歌词,使人们在如今这个年代再次受用。人们越来越多地去选用古典诗词中的东西也许是发现了它其中的美丽与特点。它们的韵律能够令人们联想翩翩,在狂热的流行乐坛中掀起一阵幽静的"狂潮",在这流行乐多得令人审美疲劳的年代,给大家带来了一种新的乐趣。也许古典诗词中的韵律已成为年轻一代的歌手所倾向的,用现代的形式来传承古人所给予我们的文化,也能够说是一举两得。在那些有着古典诗歌的流行歌曲中,也让人们在热爱流行乐的同时感受到古典的美。这种融合的成功经验值得我们布依古歌与流行歌曲融合以达到创新借鉴。

布依族古歌是布依族山歌、儿歌、敬酒歌、迎客歌、送客歌、婚嫁歌、孝歌等民歌的渊源,相传是布依族的文化始祖包仑陀(Baus legdoz,又称布洛陀)创作的,它也是布依族传统文化的渊源之一,始终影响着布依族传统口碑文化的传承与发展。

布依族古歌流传在整个布依族地区,是布依族歌手(歌王)的基本功和重头戏,也是决定歌唱者水平与级别高低的主要标杆。这些古歌充分反映了布依族探索天地、世界和人类起源的独特视角。

布依族古歌可以说是一部布依族传统文化的发展史,它讲述了开天辟地,民族礼仪礼节的诞生、内容与要求,人际关系的形成与交往规范、生产生活规律与传统美德等等,也是一部经典的传统美德教材，很有抢救、挖掘、研究、传承和创新的价值。

本人曾经为参加云南省打算举办而因为禽流感问题而取消的全国布依族敬酒歌大赛写了一首布依族新编敬酒歌，把最为传统的四首简短的敬酒歌，通过一定的粘连手法连接在一起形成了一首内容丰富、时长在8分钟以上的既传统又新颖的敬酒歌，然后组织当地布依族音乐专家给它谱上曲。我们尝试在流行歌曲音乐元素的基础上充分应用"2、3、5、6"等音符，并加上"尤啊勒"等布依族古歌特有的衬音，形成一首布依古歌与当代流行歌曲水乳交融的新歌曲，叫望谟二中的音乐老师教部分学生演唱。这是因为参赛要求每首歌必须在8分钟以上，而且必须有曲谱，所以才不得已而为之的。这首歌推出后，有不少人觉得不以为然，甚至觉得有点离谱，更有人认为内容太多，太难唱，等等。因此，有几个音乐老师"顺应潮流"把它简化了很多，然后在全县推广演唱，可是怎么也推不走，广大布依族群众依然喜爱和愿意演唱我们编的那首，简化的那首硬生生地被无情冷落了，让不少人很无奈，这是大家都始料不及的。后来又有幸结识了贞丰县的向往老师，他与韦正律老师合作写出了好几首具有布依族思想感情、文化底蕴和音乐元素的歌曲，并得到了国家级乃至国际性大奖，这让我更加震惊。他们创作的《贞丰之恋》《我们会再来》《请把情留下》《请你喝杯情谊酒》和《欢迎来到必克寨》等民族特色歌曲，虽然布依族音乐元素所占的比例不算多，但是能够充分利用布依族传统乐器和布依族地区的各种天籁之音伴奏，让我这个布依族听众耳目一新，眼睛为之一亮，有了新的感觉，看到了新的希望。经过这些尝试，让我们得到很多启发。

一是布依族古歌原本是口传歌谣，没有文字记载和曲谱，无曲的布依族古歌应该也完全可以有曲化，而且要让歌词民汉对照，这是布依族古歌走出深闺的必由之路。

二是布依族古歌与流行歌曲融合是完全可行的，成功的事例已经实实在在地摆在我们的面前，但音乐手法与元素的应用值得研究，应该达到水乳交融而不能露出生拼硬套的痕迹。

三是布依族音乐元素在歌曲中所占的比例要循序渐进，要从小到大，从少到多，让听众慢慢接受，不能突然间占到很大的比例而让听众感到很陌生而难以接受。

四是乐器伴奏要充分应用布依族传统乐器、布依族群众耳熟能详的天然音响和兄弟民族与国外乐器相协调使用，以更好地表达音乐感情和突出民族特色。

五是要给经典古歌谱曲与创作出布依族特色新歌曲同步进行，同步发展，同步推介，互动前进，不断培养听众的视听与欣赏习惯。

六是古歌的歌曲化要实现多媒体、多层次、多领域、多渠道、多场合进行推介，要积极搭建平台，大胆走出去。

七是古歌向歌曲方向发展，音高要比传统的音高高八度以上，因为布依族自古以来都生活在江南水乡的吊脚楼下，而且生性和谒、宽容，崇尚和谐，坚信有理不在言高，在吊脚楼前后和花前月下借歌传情，自然以悠扬婉转居多，慷慨激昂的比较少，但也不是完全没有。

八是词曲并进，不要争论谁更重要，要比翼双飞，共同铸造布依族特色歌曲的辉煌。歌曲歌曲，歌与曲是不分先后的。有时词是灵魂，曲是翅膀，完美组合就成了飞出山间的金凤凰；有时曲是灵魂，词是翅膀，曲词融合，也是一只金凤凰，根本无法分清彼此，其实也不用分彼此。

九是专业演唱、师生演唱与群众演唱同时进行，大面积推广，尽可能使之家喻户晓，妇孺皆知，不断推动布依族特色歌曲传承与创新。

十是布依族古歌特有的韵律、韵味、格式、调子、衬字、衬音及核心音符要尽可能传承，但总体上要有创新，传承与创新要自然结合，做到天衣无缝。

总之，布依族古歌的传承与创新同等重要，是古歌发展本身的需要，也是人民群众的需要，更是社会发展的需要。

后　记

这本书稿终于完成了，这让我们有一种如释重负的感觉。

因为我们各人的本职工作实在太多太杂，我目前主要负责望谟县相关脱贫攻坚的包保联系与易地扶贫搬迁的民族文化信息调查工作，需要经常下乡去一一落实，必须逐户访谈，填写详细的单户调查信息表，要按户撰写发展计划和座谈记录，而且要求一家一户地与户主合影，并进行现场卫星定位上传到专门的系统作为进村入户的佐证材料，否则会被认为是没有入户开展工作。在办公室的时候，又要开展各种调研和撰写调研报告，还要撰写很多上报材料和迎接各种各样的检查验收工作，真是应接不暇。因此，虽然早已把所有的业余时间都放在盯着一尺见方的世界里，但时间总是过得飞快，一个年头就像一个季度那么短。我们只能在紧张的工作之余，完成此书的搜集整理与编译工作。加上民歌翻译是一项复杂的工程，由于目前在望谟真正能抽出较多时间从事布依语翻译的人非常少，尤其是能较好翻译布依族民歌的人更少，而且各人记录中的语音都会明显留下其乡音的烙印，借汉标音和对一些古语、生僻词语的理解也会千差万别，会给整书的翻译带来不少工作量。我们为了译文标准的统一，翻译特色一致，尽可能避免重复性工作，就自行承担翻译任务，因此时间就更为紧张。这些翻译工作，有时是在台式电脑和手提电脑上交替进行的，但也有很多时候是用智能手机在出差和下乡的颠簸不大的路上进行的，可以说是充分利用了现代科技和点点滴滴的业余时间来开展工作。我们也深深感受到搞行政工作的人同时要搞学术研究是非常艰难的，不说学术造诣的深浅，单从时间和精力的角度来说都是非常有限的。特别是王由鋆在今年暑假开始后，只休息一个星期就开始全心投入该书的后期编译完善工作，从翻译词句的斟酌、布依文的拼写是否正确、增补内容的选择到后期的校对等工作都认真做，基本占用了她的整个假期，为该书的整理翻译付出不少。最值得庆幸的是我们是一家人，在沟通与协作上完全可以进行无缝对接，合作的便利是最大的，联络与交换意见是及时的，没有因为各在一处而耽误。在图片收集方面,除了我们自己拍摄的以外,望谟县统计局的韦章懿先生和望谟县第三中学的蒙华琴女士也提供了不少很有价值的图片,真实反映了望谟县布依族青年男女谈情说爱、交往和情歌对唱的情景,是望谟布依族风俗习惯真实风貌的生动体现,增强了望谟布依族传统文化特别是"囊哨"习俗的现场感,也增强了该书的感染力。但由于我们是初出茅庐进行大规模的布依族情歌编译工作,还有作为少数民族古歌和情歌这种特殊韵文的翻译还存在很多难度是一般民间故事传说翻译所不及的,其中有很多见之未见的比喻、生僻的词句和在汉语里很难找到对应的动植物与日常生活的用品用具名称实在让人捉摸不定,需要搜肠刮肚的斟酌和"漫山遍野"的查阅很多书籍来对证。由于水平有限,挂一漏万和错谬之处实在难免,恳请专家学者和广大读者批评指正。

特别感谢中央民族大学布依语文专家周国炎教授在百忙之中为本书作序。在这次的组稿和编译工作中,还得到了有关专家学者的支持、鼓励和情歌演唱者的大力支持,我们才得以顺利完成任务。贵州民族大学布依文专家吴定川、黔西南州广播电视台布依文专家王正直对全书进行了审改,使本书质量大为提高。在此一并表示衷心的感谢!

王玉贵

2016年6月20日午夜于寓所